KB214093

혜수, 해수 4

혜수, 해수 4 네크로맨서

초판 1쇄 발행 2024년 10월 21일

지은이 임정연
펴낸이 강수걸
편집 이혜정 강나래 오해은 이선화 이소영 김효진 방혜빈
디자인 권문경 조은비
펴낸곳 산지니
등록 2005년 2월 7일 제333-3370000251002005000001호
주소 부산시 해운대구 수영강변대로 140 BCC 626호
전화 051-504-7070 | 팩스 051-507-7543
홈페이지 www.sanzinibook.com
전자우편 sanzini@sanzinibook.com
블로그 sanzinibook.tistory.com

ISBN 979-11-6861-372-0 44810
      978-89-6545-720-6 (세트)

혜수,
해수

④
네크로맨서

임정연 장편소설

산지니

차례

혜수

봄날의 바람에서는 레몬그라스처럼 상큼한 향기가 났다. 가슴이 설레기도 하고 두근거리기도 하는 봄날의 바람. 팔을 길게 쭉 뻗으며 벤치 아래로 늘어뜨린 다리를 흔들었다. 캠퍼스는 봄기운이 완연했다. 어제 봄비가 내려서인지 공기는 미세먼지 없이 맑고 깨끗했다. 따스한 햇살이 쏟아지는 캠퍼스 여기저기에 잔디가 파릇파릇하게 돋아나고 있었다. 예년보다 따뜻한 날씨에 일찍 피어난 꽃들이 함박웃음을 짓고 있다. 옆에 놓아둔 잔을 들어 아이스 아메리카노를 한 모금 마셨다. 화창한 봄날의 캠퍼스를 내려다보며 마시는 커피 한 잔. 이런 게 캠퍼스의 낭만이지.

고등학교 벤치에서는 우레탄으로 덮인 운동장과 담장밖에 안 보였는데, 대학은 달랐다. 건물이 멋있다거나 조경이 잘되었다거나 하는 얘기가 아니다. 물론 대학 건물이 고등학교 건물보다 훨씬 폼 나고, 조경도 고등학교와는 비교조차 안 되게 근사하다. 하지만 그런 것들보다 대학은 모든 학생들이 일괄적으로 수업을 들어야 하는 고등학교와 달리 강의 중간에 비는 시간도 많고, 강의에 들어가지 않아도 누가 뭐라고 하지 않았다. 이런 여유는 경험해 보기 전에는 모른다. 게다가 등교 시간이 없고, 수업 시작 종도 없다. 강의 스케줄은 있지만 빼먹는다고 부모님에게 연락이 가지는 않는다. 나는 지금 그런 대학 신입생으로서의 자유와 여유를 한껏 누리는 중이었다. 옆에서 잔소리하는 차사님과 그 옆에서 맞장구치는 아기동자를 무시하면서.

"차사님 일 보러 가신다고 하지 않으셨어요?"

아이스 아메리카노를 쪽쪽 빨면서 물어보았다. 내가 마시는 커피 향기에 취해 있던 해수 차사가 불현듯 정신을 차렸다. 역시 해수 차사의 잔소리를 막는 데는 커피가 제일이었다. 지금 손에 들고 있는 커피는 학교 근처에서 최고라고 소문난 카페의 베스트 메뉴였다. 싱글 오리진이라고 원두를 한 가지만 쓴다고 했다. 애초에 카페의 커피들이 여러 가지 원두를 섞어서 사용하는 것도 오늘 처음 알았다. 원두가 어디 거라고 얘기해 줬는데 잊어버렸다. 커피를 추출하는 방식도 에스프레소 기계로 하는 게 아니라 드립이라고 주전자로 물을 부어가며 내리는 방식이었다. 한 잔에 만 원이 넘지만 비싼 만큼 값을 톡톡히 했다. 아까부터 해수 차사는 내가 커피를 마실 때마다 향기에 취해 잔소리를 멈추곤 했다.

"내일부터라니까."

"그럼 내일부턴 계속 저승사자 일을 하시는 거예요?"

"아마도. 무슨 일인지는 내일 팀장을 만나봐야 확실하게 알 수 있겠지. 그것 때문에 밤에 올라가 볼 거야."

"그렇구나."

빨대로 커피를 빨아들이며 말했다. 해수 차사 때문에 고2 때부터 마시기 시작한 커피가 이제는 습관이 되어버렸다. 항상 아이스 아메리카노를 들고 다녔고, 친구들과 얘기할 때도 목이 마르면 수시로 커피를 마셨다. 해수 차사와는 사념으로 얘기해 목이 마르지 않는데도 들고 있으니까 걸핏하면 마시게 되었다. 해수 차사가 워낙 커피를 좋아하니까 만날 때마다 커피를 찾는 것도 원인이었다. 게다가 지금처럼 강의를 빼먹을 때 커피를 마시면 해수 차사의 잔소리를 조용하게 하는 효과도 있어 좋았다. 커피를 마시면 잠이 안 온다는 사람들도 있던데, 나는 커피가 수면에 아무런 영향을 주지도 않았다. 고등학교 때도 시험 전에 공부하려고 커피를 마셔봤는데 공부 시작하고 얼마 안 돼 졸다가 잠이 들었었다. 하지만 영기를 수련한 뒤부터는 공부를 해도 졸리지 않았다. 덕분에 이렇게 Y대에 들어올 수 있었다.

"그래도 일류대에 들어왔으니까 공부는 해야 되지 않냐?"

"하면 좋겠죠. 근데 대학에서 공부하는 목적이 좋은 직장을 구하기 위해선데, 저는 벌써 돈 벌고 있잖아요. 그것도 잘. 찾아보니까 제 수입이 직장인들 중에서는 상위 1% 안에 들어가던데요. 그런데 군이 공부를 꼭 해야 할까요?"

해수 차사를 돌아보며 말했다. 재작년부터 할머니에게 부탁받아 부적을 그렸었다. 그러다 원영의 아이디어로 시작한 룬 부적이 인기를 얻어 지금은 아빠보다 더 많은 수입을 올리고 있다. 또 룬 부적 덕분에 할머니와 할머니의 제자 무당들도 일이 늘어 부쩍 바빠졌다. 바빠지니 신장들도 덩달아 바빠져 아기동자를 제외하고는 보기가 힘들었다. 내 대답에 해수 차사가 못마땅한 표정을 지었다. 하지만 잔소리할 틈을 안 주려고 연신 아이스 아메리카노를 빨대로 빨아들였다. 그 때문에 해수 차사는 뭐라 반박을 못 하는 상황이었다. 잔소리를 하기에는 커피의 향이 너무 진하고 강렬했다.

"그래. 고등학교 때도 공부 안 했는데 대학이라고 하겠냐. 하긴, 무당이 공부 잘한다고 달라지는 것도 아니고."

"역시 차사님은 말이 통해."

돌아보며 싱긋 미소를 지었다. 사람이라면 같이 하이파이브라도 하겠지만 상대가 차사라 그 대신 커피를 크게 한 모금 빨아들이고 그 향을 잔뜩 들이마셨다. 하, 성진 선배가 추천해 준 카페라 크게 기대를 하지 않았는데 예상외로 정말 진하고 강한 향과 맛을 가진 커피였다. 주문할 때 보니 커피 세트 메뉴가 있던데 내일은 느긋하게 세트 메뉴를 즐겨볼까?

"개똥이 넌 안 바빠? 순녀 언니는 요새 엄청 바쁘다고 하던데?"

"난 오늘 휴일. 순녀는 일하지만."

아기동자가 기저귀를 치켜올리며 대꾸했다.

"그리고 평일 낮에는 손님 없어. 와도 저녁이니까 이따 가 보려고. 뭐 내가 없더라도 알아서 해. 순녀는 오래 했으니까. 난 잠깐 돌아봐야겠다. 차사님 저 한 바퀴 돌고 올게요."

아기동자가 일어나서 기저귀를 툭 털었다. 그리곤 해수 차사에게 인사를 하고 도서관 방향으로 사라졌다. 차사님의 잔소리가 자기에게 돌아올까 재빨리 도망가는 모습이었다. 요즘 들어 부쩍 아기동자가 교내를 돌아본다고 가는 일이 잦아졌다. 해수 차사가 있을 때는 그나마 같이 붙어 있는데 차사님이 없으면 학교 돌아본다고 가서는 사라졌다. 눈을 감고 봄볕을 느끼는데 손에 쥔 폰이 진동하며 메시지가 들어왔다.

–어디야?

채원이었다.

–나, 벤치.

–맨날 있는 데?

-응.

-나 오전 강의 끝. 배고파.

-어디 갈래?

-나갈 기운 없어. 구내식당에서 봐.

-그래.

-나도 감.

-나도.

나와 채원의 대화에 혜원과 민주가 끼어들었다.

-나는 회사 가는 중. 내일 봐.

유리가 단체방에 들어왔다.

-유리 내일 학교 와?

-응. 음악회 리허설도 있고 해서 내일은 갈 거야.

-그래. 내일 봐.

유리는 작년 말에 솔로로 데뷔했다. 음방 1위까지는 아니지만 데뷔곡이 음원차트 상위권에 들면서 많은 인기를 얻었다. 인기와 더불어 바빠져서 오리엔테이션 이후로 학교에 나오지 못했다. 내일 나오면 거의 한 달 만에 학교에 오는 거였다.

"너희는 대학 와서도 계속 붙어 다니네."

"어떻게 하다 보니까 그렇게 됐네요."

폰을 만지작거리며 해수 차사를 보았다. 부모님이 모두 Y대 출신인 혜원이는 일찌감치 수시로 Y대 의대에 합격했었다. 채원이는 좋아하는 성진 오빠와 같이 다니려고 고3 1년 동안 악착같이 공부해 Y대 의상디자인과에 합격했다. 고3 1년 동안 채원이에게 휩쓸려 같이 다닌 민주도 진학지도 선생님과 내 점괘에 따라 물리학과의 추가 합격자로 들어왔다. 다들 Y대 간다는 분위기다 보니 나 역시 어떻게 여기 문예창작과로 오게 되었다. 물론 나와 친구들의 Y대 입학은 혜원이의 핵심 요약이 큰 역할을 했다. 혜원이가 뽑아준 기출문제도 많은 도움이 되었다. 비싼 돈을 내야 하는 족집게 과외를 혜원이 해주었기에 가능한 일이었다. 그렇지만 내가 합격하게 된 결정적인 요인은 객관식 답안을 찍은 것 때문이었다. 수련 때문에 부쩍 늘어난 영기 덕인지 객관식 문제의 답을 찍은 게 모두 정답이었다. 덕분에 이렇게 벤치에서 봄의 여유를 만끽할 수 있었다. 남은 커피를 모두 마시고 일어났다.

"어디 가?"

"애들이랑 점심 먹으러요."

"어디 갈 건데?"

"학식 먹재요."

"그래? 그럼 난 주변이나 둘러봐야겠다."

"그러세요."

"오후는 어떻게?"

"글쎄요. PC방이나 갈까 하는데요."

"화이트 워터는 안 가?"

"가죠, 뭐. 4시?"

"3시 반. 화이트 워터에서 보자."

"네. 거기서 봬요."

해수 차사는 인사하고 가다가 힐끔 뒤를 돌아보았다.

"뭐 하실 말씀 있으세요?"

"근데 아까도 얘기했지만, 너 허리 너무 드러내는 거 아니냐? 아직 날도 쌀쌀한데 그렇게 입다 감기 걸리면….."

"아, 애들 다 이렇게 입고 다니잖아요. 그리고 겨울에도 이렇게 입고 다녔는데 그때도 안 걸린 감기가 지금 왜 걸려요?"

"아니 아니다. 그래 이따 보자."

말로는 괜찮은 척하면서 불만스러운 표정으로 해수 차사가 나를 훑어보더니 뒤돌아섰다. 내가 예상외로 최상위권 대학에 합격하자 그 뒤로 공부에 대해서는 잔소리가 사라졌다. 대신 옷차림에 대한 잔소리가 늘었다. 아침에도 배를 너무 드러낸다느니, 옷이 얇다느니 하면서 잔소리를 했다. 잔소리가 길어지기 전에 원영의 커피로 막았었다. 나름 나를 걱정해서 하는 소리라고는 하는데, 그럴 때 보면 나이가 700살이 넘은 티가 났다. 하긴 1년 내 검은 수트만 입고 다니는 센스로는 요즘 여대생들의 패션을 이해할 수가 없지.

집으로 들어서는데 왁자지껄한 소리가 들렸다. 다들 학교 가면 원영이와 아줌마만 있어 조용했는데 오늘따라 시끌시끌했다. 원영이의 웃음소리에 섞여 익숙한 웃음소리가 함께 들렸다.

"나 왔어."

슬리퍼로 갈아 신고 거실로 들어가자 반가운 얼굴이 있었다.

"어, 나코."

"혜수, 오랜만."

나코가 돌아보며 활짝 웃었다. 반가운 마음에 뛰어가 와락 포옹을 했다.

"나코, 웬일이야? 언제 온 거야?"

"나코, 혜수랑 원영 보고 싶어서. 아침에 왔다."

"나코 언니 계속 있을 거래요. 한국말도 배울 겸 해서 내일 어학당 알아보려고요."

"어학당? 우리 학교?"

"응."

나코가 방긋 웃었다. 나코는 신레이가 죽은 뒤 언니들과 같이 일본으로 돌아갔었다. 일본에서 아버지의 추도와 다친 언니들의 회복을 위한 수련 때문에 봉문하고 사람들과의 왕래를 끊었다고 했다. 그 뒤 소식이 없었는데 갑자기 원영의 집에 나타난 것이었다.

"나코, 혜수 학교 같이 다닐 거다."

"그래. 좋아. 다른 애들은? 혜원이한테 얘기했어?"

"아뇨. 오면 놀래주려고요."

원영이 눈을 찡긋하며 말했다.

"나코, 혜원 놀라게 숨어 있을까?"

나코가 장난기 가득한 눈으로 물었다.

"아냐. 걔 말 안 하면 공부한다고 안 들어올지도 몰라. 있
어봐."

내가 씩 웃으며 말했다. 혜원이 낚는 거야 일도 아니지. 얼
른 문자를 보냈다.

－뭐해?

－공부.

－생딸기 레어 치즈 타르트?

－먹게?

－응.

－하나만?

－딸기 종류 몇 개 시키려고.

－네가 내라.

－몇 시?

－지금 가.

역시 혜원이는 맛있는 걸로 낚으면 100% 걸려든다. 도서관에서 허겁지겁 책을 정리하는 혜원의 모습이 보이는 듯해 웃음이 났다. 배달앱으로 생딸기 디저트를 주문했다. 추가 비용을 물고 긴급으로 배달시켰다.

"오케이. 준비 완료."

폰을 내려놓으며 씩 웃었다.

"언제 온대요?"

"지금 출발한대. 20분 정도 걸릴 거야."

그나저나 어떻게 놀래줄까?

"근데 나코 어떻게 잘 찾아왔네. 우리 이사했는데."

내가 고개를 갸우뚱하며 나코를 쳐다봤다. 우리가 Y대에 합격하자 원영은 학교 근처로 이사를 했다. 혜원은 작년부터 원영의 집에 슬금슬금 드나들더니 검술 수련을 핑계로 아예 눌러앉았다. 나랑 혜원이도 같이 살거라고 생각했는지 집도 전보다 더 커졌다. 언젠가 나코도 올 것을 생각했나?

"원영이 이사하고 알려줬다. 여기."

나코가 폰에 메시지를 띄워 보여주었다. 주소와 집 사진이 띄워져 있다.

"연락했었어?"

"가끔요."

원영이 생긋 웃었다.

"너희 사람들이랑 왕래 중단했다면서?"

나코를 바라보았다.

"응. 하지만 원영은 아니다. 원영, 나코랑 언니들에게 잘해 준다. 나코하고 언니들 원영 좋다."

원영이 사람이 아닌 뱀파이어서 그런가? 뭐 어쨌든 지금은 그게 문제가 아니었다. 문제는 어떻게 혜원이를 놀래주는 것 이냐인데. 신나서 얘기하는 원영과 나코를 보며 열심히 머리 를 굴렸다.

해수

간만에 저승의 집에서 일어났다. 구미호 사건 이후 여자아이의 주위에 있느라 저승에는 거의 오지 못했다. 새삼스레 안을 둘러보았다. 저승은 공간의 개념이 없다 보니 오랫동안 비운다고 집을 없애거나 바꾸지는 않았다. 안의 물건도 그대로 있다. 물론 먼지가 쌓이거나 하지 않는다. 지난번에 두고 간 그대로 모든 것들이 제자리에 있다. 거실 탁자 위의 쓰다 만 메모장까지.

그런데 오랜만이라 문득 공간이 낯설고 어색하게 느껴졌다. 700년이 넘게 지낸 곳인데도 1년 정도 비웠다고 낯설게 느껴지다니. 오히려 요즘 지내는 원영의 집이 더 친숙했다. 원영은 여자애가 대학에 들어간 후 학교 근처로 이사했다. 한적하고 조용한 골목에 있는 방 아홉 개의 커다란 정원이 딸린 3층 주택이었다. 원영은 나도 오며 가며 지내라고 2층의 방 하나를 내주었다.

어제는 경황이 없었는지 입은 옷 그대로 잠이 들어버렸다. 옷장에는 검은색 셔츠와 바지가 몇 장 나란히 걸려 있다. 옷을 갈아입은 뒤 창 앞으로 가서 텅 빈 마당을 내려다보았다. 무채색의 땅에 싹이 돋아나고 있다.

시간을 보고는 집을 나섰다. 긴 골목을 천천히 걸었다. 걸어가면서 주위를 둘러보았다. 700년이 넘게 봐온 풍경인데도 오늘따라 새로웠다. 버스를 타지 않고 전철역까지 느릿느릿 걸어갔다. 언제나처럼 하늘이 맑았다. 이승과 달리 저승의 하늘은 늘 맑다. 흐린 날도 비 오는 날도, 바람이 세차게 부는 날도 있지만 대체로 맑은 날의 연속이다. 다들 영이다 보니 비가 온다고 젖지도 않고, 바람이 분다고 날리지도 않았다. 물론 맑은 날 햇살도 따스하게 느껴지지 않았다. 역에 도착해 플랫폼으로 올라갔다. 곧이어 도착한 전철에 올라탔다. 전철이 덜컹거리는 소리를 내며 달리기 시작했다. 하지만 일정한 간격으로 울리는 소리와 진동이 이승의 전철에 비해 이질적으로 느껴졌다. 기분 탓일까. 너무 오랜만이라서. 아니면 이승에 너무 익숙해져 버린 것일까. 이거야 원. 혼자 쓴웃음을 지었다.

사무실 근처의 역에서 내렸다. 고개를 들자 예전에 늘 들르던 커피전문점이 보였다. 안에 드문드문 사람들이 앉아 있다. 흘끔 보고는 그냥 지나쳤다. 커피의 맛과 향을 몰랐을 때는 매일 들렀지만, 지금은 맛도 향도 느껴지지 않는 커피를 들고 다니는 게 어색했다. 사무실이 있는 건물로 들어가 4층에서 내렸다.

사무실에 들어가자 오랜만에 보는 반가운 얼굴들이 있었다.

"야, 넌 일이 없어도 그렇지. 그렇다고 1년 가까이 아예 사무실에 오지도 않냐?"

문규가 잔소리를 하면서도 반갑다는 듯 달려와 헤드록을 걸었다. 그런다고 걸릴 내가 아니었다. 달려드는 문규의 팔을 뒤로 꺾고 목을 졸랐다.

"어제도 봤잖아. 사무실에 없어도 허구한 날 땡땡이치러 오면서 무슨."

"야. 팀장 있잖아. 팀장. 항복. 항복."

내가 풀어주자 문규가 캑캑거렸다. 사무실이라 팀장에게 땡땡이친 거 안 들키려고 일부러 오랜만에 본 척하는 문규였다. 그럼 그렇지.

"넌 어떻게 화정이 팀으로 갈 거라고 하더니."

"팀장이 풀어주겠냐? 그동안 수백 번의 조직개편에도 안 보내줬는데."

"그러니까. 안 되는 줄 알면서 왜 또?"

"될 수도 있잖아. 내가 안 되면 화정이라도 이쪽으로 와주면 좋은데."

문규가 기대가 가득한 얼굴로 말했다.

"그쪽 팀장이? 화정이가 그쪽 팀에서 에이슨데?"

"그러게. 이번에도 다른 차사는 몰라도 화정이는 절대 안 된다고 했대. 화정인 그렇다고 쳐도 나는 왜 안 보내주는 거야?"

문규가 불만이 가득한 얼굴로 뇌까렸다.

"너희 둘이 히히덕거리는 꼴이 보기 싫은가 보지."

내 말에 문규가 입을 삐죽 하며 투덜거렸다. 조직개편 때마다 화정이 있는 팀으로 옮기려고 했지만 항상 실패였다. 회의실에 있던 팀장이 나를 보더니 문을 열고 손짓을 했다.

"어, 해수 차사. 오랜만이야. 잠깐 볼까?"

"네."

팀장을 따라 회의실로 같이 들어갔다. 회의실의 테이블 한쪽에 차사 3명이 나란히 앉아 있었다. 잔뜩 긴장하고 있는 모습이 신입들인 모양이었다. 팀장이 나를 신입 차사들에게 소개했다.

"여기는 정해수 차사. 이쪽은 우리 팀으로 온 신입들. 인사들 하지."

"안녕하십니까. 박자경입니다."

"안녕하십니까. 이도훈입니다."

"안녕하십니까. 김민정입니다."

신입 차사들이 한 명씩 일어나 인사를 했다. 나도 마주 고개를 끄덕여 줬다.

"네. 정해수입니다. 반갑습니다."

"해수 차사는 이쪽으로 앉지."

팀장이 옆자리를 가리켰다. 그 옆으로 가서 앉았다.

"신입들인 모양이네요. 그런데 저는 무슨 일로?"

내가 묻자 팀장이 벽면에 조직도를 띄웠다. 제법 많은 인원들이 팀을 옮겼다.

"이번 조직개편 내용 받았지? 이번에 환생하는 차사가 많아서 전체적으로 인원이 많이 빠졌어. 우리 팀은 환생하는 차사는 없는데 다른 팀으로 발령 난 팀원들이 많아. 그러다 보니 남은 인원들의 업무가 많아졌어. 신입 교육은 보통 업무 보면서 같이 했는데 이번에는 그게 좀 힘들 것 같아. 그래서 말인데, 해수 차사가 신입 교육을 맡아주면 다른 차사들의 업무 부담이 많이 줄어들 것 같은데. 어떻게 좀 맡아줄 수 있겠나?"

팀장이 미안한 듯 부탁을 했다. 나도 조직개편 내용은 미리 받아서 알고 있었다. 20여 명의 팀원들 중 7명이 다른 팀으로 발령이 난 상황이었다. 1/3이 빠지면 남은 차사들의 일이 늘어나는 것은 당연했다. 거기다 나까지 업무에서 빠진 상태라 일이 더 몰렸을 것이다. 작년 봄 문규의 휴가를 계기로 복귀를 생각했었지만 구미호 사건이 일어나 복귀를 할 수 없었다. 그 후 1년 가까이 큰 사건이 없어 안심이기는 했지만, 혹시라도 구미호 건과 같은 사건이 벌어질까 나나 팀에서도 쉽사리 복귀 얘기를 하지 못하고 있었다.

"신입 교육이니까 그렇게 일이 많지는 않을 거야. 기본적인 건 교육받았으니까. 급한 일이 발생했을 때는 이 친구들에게 맡겨두고 갔다 와도 될 거야. 문제가 있으면 일 처리하고 와서 해결해도 되고."

내 생각을 아는지 팀장은 급하면 자리를 비워도 된다고 얘기했다. 차사 업무로 복귀를 못 하는 이유는 임종을 반드시 지켜야 하기 때문이었다. 급한 일이 생겼다고 자리를 비우면 혼령이 이승을 떠돌게 된다. 게다가 급한 일을 보러 가야 한다고 명부에 정해진 시간보다 빨리 혼령을 꺼낼 수도 없고, 아직 죽지 않은 혼령에게 급한 일 있으니까 갔다 올 때까지 나오지 말고 기다리라고 할 수도 없는 일이었다. 하지만 신입 교육은 기본적으로 업무는 신입들이 하고, 나는 잘 모르는 것을 알려주거나 돌발상황을 해결해 주면 되기 때문에 급한 일이 생겼을 때 대처가 용이했다. 그리고 급한 일로 간 사이 돌발상황이 발생하더라도 신입들이 임시 대처를 하고 나중에 나나 다른 차사가 처리할 수 있었다. 팀장이 내게 부탁

할 정도면 손이 많이 달리는 모양이었다. 이 정도면 해도 괜찮을 것 같다는 생각이 들었다.

"이슈가 있을 때 움직일 수 있으면 상관없습니다. 그렇게 하시죠."

"그럼 그렇게 하지. 일단 위에 보고부터 해야 하니까 같이 얘기들 하고 있어."

팀장이 내 말에 반색을 하며 일어섰다. 그리곤 보고를 하려는 듯 서둘러 사무실을 나섰다. 사무실에는 나와 신입 차사들이 남았다.

"다 이번에 수료하신 분들?"

"네. 488기입니다."

이도훈이라고 소개한 중년 남자 차사가 대답했다. 이도훈과 박자경은 중년이었고 김민정은 20대 여성으로 보였다.

"선배님은 몇 기신지?"

도훈 차사가 나의 기수를 물어보았다. 아마도 어려 보이는 외모 탓에 나이가 궁금한 모양이었다.

"저희 때는 기수 같은 게 없어서요. 그때는 선배 차사 따라다니면서 배웠거든요. 지금처럼 차사나 신장 연습생이 있었던 것도 아니고."

"그럼 혹시 나이가?"

도훈 차사가 혹시 하는 얼굴로 재차 물었다.

"700."

그 소리에 도훈 차사와 자경 차사가 입을 딱 벌렸다. 그런데 민정 차사는 알고 있었던 듯 별로 놀라지 않았다. 내 대답에 민정 차사가 생긋 웃었다.

"700이요?"

"죽고 나서 나이를 세지는 않지만, 차사 된 지 12갑자가 좀 넘었죠. 살았던 햇수랑 훈련받은 거 합치면 750은 될 거 같은데."

도훈 차사는 너무 큰 나이 차에 당황한 듯 헛기침을 했다. 그때 민정 차사가 앞으로 다가앉았다.

"저 선배님."

"응. 왜?"

"저, 같이 셀카 한 장 찍어주시면 안 돼요?"

생글거리며 부탁하는 모습이 나에 대한 소문을 알고 있는 모양이었다.

"SNS에 올리려고?"

"네."

민정 차사가 환하게 웃으며 고개를 끄덕였다.

"그래. 그러지."

모르고 찍혀 당하느니 차라리 알고 하는 게 낫다는 생각이 들어 승낙했다. 흔쾌한 승낙에 민정 차사는 신이 나서 내게

다가와 셀카를 찍고는 바로 SNS에 올렸다.

"아싸, 해수 차사님이랑 사진. 빨리 올려서 동기들에게 자랑해야지."

민정 차사는 신이 났는지 바쁘게 손을 놀렸다. 도훈 차사와 자경 차사는 왜 신나하는지 모르는 얼굴이었다.

"선배님하고 사진은 왜? 너 저분 알아?"

궁금한지 자경 차사가 민정 차사에게 물었다.

"선배님 엄청 유명해요. 여기 SNS에서 탑일걸요? 그쵸, 선배님."

"아니, 뭐 내가 한 건 아니고."

쑥스러워서 손을 내젓는데 민정 차사가 손에 쥔 폰을 흔들었다.

"보세요. 여기. 여기."

민정 차사는 SNS에 올라온 나에 대한 게시물을 자경 차사에게 보여주었다. 게시물의 조회수를 보고는 자경 차사가 놀란 표정이 되었다. 그리곤 금세 나를 보는 눈빛이 달라졌다. 마치 유명인을 보는 눈빛이었다.

"선배님, 저랑 맞팔하게 ID 알려주세요."

민정 차사가 다시 졸랐다.

"ID가, 어, 여기 jhs1234."

"jhs1234. 됐다. 어디. 엥. 선배님, 게시물이 이거 하나예요?"

"그게. 처음에 다들 ID 만들라고 해서 만들기는 했는데 살아 있을 때 SNS 같은 거 쓰던 때가 아니라."

"하긴."

민정 차사가 내 말에 고개를 끄덕였다. 스마트폰은 내가 살던 시대에는 없던 것들이다. SNS도 죽은 혼령들이 저승을 친숙하게 느끼게 하기 위해 몇 년 전에 생긴 것이다. 개똥이 같이 좋아하는 혼령들도 있지만 나는 별 관심이 없다. 문규도 SNS를 가끔 보다가 내 건 이후로 보는 게 늘었다. 그러더니 작년 휴가 이후로는 종종 SNS에 사진과 동영상을 올렸다.

"선배님 폰 줘보세요. 제가 선배님 SNS 관리해 드릴게요."

"아니, 안 그래도 되는데. 아니."

사양하려는데 민정 차사는 생글생글 웃으며 내 폰을 가져갔다.

"프사부터 바꿔요. 먼저. 선배님 여기."

민정 차사는 내 폰을 들고 나와 같이 사진을 찍었다. 내게 이쪽을 봐라 저쪽을 봐라 하면서 재차 사진을 찍었다. 그리곤 찍은 사진들 중에서 한 장을 골라 내 SNS 프로필 사진을 바꾸었다. 자경 차사와 도훈 차사도 호기심이 인 듯 고개를 빼서 민정 차사의 폰을 함께 보았다. 폰을 보는 중간중간

나를 쳐다보는 것이 아마도 나에 대한 SNS 게시물들을 보는 것 같았다. 민정 차사를 비롯한 신입들의 관심이 부담스러웠다. 그래서 신입 교육을 맡은 것이 살짝 후회되기 시작했다.

"어때요. 선배님. 괜찮죠?"

"그렇네."

새로 찍은 사진이 이전 프로필 사진보다는 자연스러웠다. 불과 몇 년 전까지 셀카는커녕 사진 찍을 일도 없었다. 그러다 보니 프로필 사진도 ID 만들 때 문규랑 서로 찍어준 사진 그대로였다. 문규도 나도 사진을 찍거나 찍혀본 일이 없어서 딱딱하게 굳고 어색한 자세였다. 여기 봐라 저리 봐라 해서 귀찮았었는데 찍힌 사진은 이전 사진과 달리 자연스러운 자세와 표정이었다. 민정 차사를 보며 이게 요즘 애들인가 싶었다. 나이를 생각하면 도훈 차사와 자경 차사도 내게는 요즘 아이인 게 맞았다. 나이 생각에 나도 모르게 피식 웃음이 나왔다.

일이 끝나고 내려와 보니 거실에서 여자아이는 수련 중이었다. 건너편에 동방 팀장이 뒷짐을 진 채 서 있었다. 삼천갑자를 넘게 산 넉넉하고 자상한 할아버지의 모습이었다. 여자아이의 수련을 봐주는 동방 팀장에게 가볍게 목례를 했다. 동방 팀장 역시 목례로 인사했다. 동방 팀장은 여자아이가 수련을 할 때마다 내가 끌려가는 현상에 호기심을 가졌다. 그 뒤 내가 끌려가는 원인을 찾고 개선하기 위해 여자아이의 수련을 봐주고 있는 것이다. 그래서일까. 동방 팀장이 여자아이와 같이 수련을 한 뒤로는 날 끌어당기는 힘이 점점 약해지더니 몇 개월 전부터는 그런 일이 벌어지지 않았다. 확실히 동방 팀장과 함께한 수련이 효과가 있었다. 여자아이의 주변에 영기가 피어올라 아른거렸다.

"안정적이네요."

"많이 좋아졌지. 이제는 거의 정상적인 순환을 시키고 있네."

동방 팀장이 여자아이의 안정적인 상태에 만족스러운 미소를 지었다. 동방 팀장이 조사한 바에 따르면 여자아이는 생문과 사문이 겹치는 특이한 체질이라고 했다. 따라서 수련할 때 사문에 한꺼번에 영기가 몰리면서 나를 끌어들인 것 같다고 했다. 동방 팀장의 지도에 따라 영기의 흐름을 조절하니까 나를 끌어들이는 힘이 약해진 모양이었다. 수련이 거듭되면서 여자아이 주변의 영기가 점점 더 강해졌다. 그 양만 따진다면 신장들 중에서 제일 오래된 아기동자보다도 더 영기가 강했다.

"조만간 해수 차사를 넘어설 것 같구만."

동방 팀장이 내 생각을 읽기라도 한 듯 말을 건넸다.

"그럴 것 같네요. 처음에는 아무것도 모르는 아이였는데."

"그랬지. 그런데도 그런 일들을 잘 헤치고 왔어."

"팀장님 올라가 보셔야 하지 않으세요?"

"그래. 그럼 난 올라가 보겠네. 여긴 해수 차사가 봐주시게."

"네. 수고하셨습니다."

"수고까지는. 덕분에 생문과 사문이 겹치는 체질이 있는 것을 알게 되었잖나. 그리고 그런 체질이 영에게 끼치는 영향도 알게 되었고. 그럼 수고하시게."

동방 팀장이 인사를 하고 집을 나섰다. 배웅을 하고 돌아와 여자아이의 수련을 지켜보았다. 수련이 절정에 다다랐는지 여자아이에게서 영기들이 한껏 피어오르고 있었다. 그리고 그 힘은 나와 맞먹을 정도였다. 여자아이는 1년 전까지만 해도 평범한 무당 정도의 영기밖에 없었는데 이제는 신장들을 넘어 나와 맞먹을 정도의 영기를 가지고 있었다. 덕분에 여자아이에 대한 걱정도 많이 덜해졌다. 영기가 강한 만큼 웬만한 악귀나 악령은 여자아이에게 영향을 미치기가 힘들었다. 뿐만 아니라 여자아이의 돈벌이 때문에 집안에 쌓여 있는 부적들 때문이라도 악귀나 악령이 이 집 주변에 얼씬하지도 못했다. 여자아이의 영기가 나보다 강해지면 이제 여자아이를 떠나 예전의 일로 돌아가야 하나? 뒷짐을 진 채 여자아이의 수련을 지켜보며 이런저런 생각을 하고 있었다.

혜수

"너, 소개팅할래?"

"왜? 또 유리 팬 중 한 명이 소개시켜 달래?"

"무슨 얘기야?"

유리가 내 말에 궁금한 듯 쳐다보았다. 간만에 학교에 나온 유리 때문에 친구들이 같이 모였다. 점심을 먹고 난 후 벚꽃이 하늘하늘 떨어지는 길을 따라 걸으며 카페로 향했다. 애들은 모두 즐겁게 웃고 신나게 떠들었다. 흩날리는 벚꽃나무 아래서 삼삼오오 모여 사진도 찍고 행복한 모습들이었다. 다들 오랜만에 만난 유리를 서로 차지하겠다고 난리였다. 큰소리로 웃고 떠드는 건 고등학생 때나 대학생이 된 지금이나 똑같았다. 그럼 그렇지. 한 살 더 먹었다고 달라질 리가 없다. 몇 개월 전 고등학생이었을 때나 갓 대학생이 된 지금이나 변한 건 아무것도 없었다. 옷차림과 머리 모양만 살짝 달라졌나?

"근데 이상하네. 사람들이 유리가 있는데 그냥 가네."

유리와 팔짱을 끼고 셀카를 찍던 민주가 고개를 갸우뚱하며 말했다.

"내가 미리 안전장치를 해두었지."

내가 부적을 꺼내 민주를 향해 흔들었다. 우리 쪽으로 사람들이 오지 못하도록 서늘한 한기를 느끼게 하는 부적이었다. 사람들은 벚꽃 아래서 웃고 떠드는 유리를 힐끔거리면서도 좀체 가까이 올 엄두를 내지 못했다. 혜원이도 씩 웃으며 주머니의 부적을 꺼냈다. 역시 사람들이 가까이 오지 못하도록 막는 섬뜩함을 느끼게 하는 부적이었다. 내가 준 적이 없는데 쟤는 언제 저 부적을 챙겼대? 함께 웃고 떠들며 카페에 도착했다. 창가에 있는 자리에 앉자마자 채원이가 내게 소개팅을 할 건지 물었다.

"얘 지난번 소개팅 시켜준 선배가 유리 네 팬이라서 저러는 거야. 별거 아냐."

"무슨 얘기야?"

혜원이가 자리에 앉으며 물었다. 화장실 갔다 오느라 못 들은 모양이었다.

"혜수, 소개팅."

"아, 또 유리 팬?"

민주의 말에 혜원이가 입 끝을 올리며 말했다.

"야!"

내가 혜원을 향해 버럭 했다. 사실이라도 혜원의 입으로 들으니까 더 기분이 나빴다.

"근데 유리 팬들이 왜 혜수하고만 소개팅시켜 달라고 하지?"

민주가 궁금한 듯 되물었다.

"혜수밖에 없잖아."

채원이가 팔짱을 끼며 당연하다는 듯 대꾸했다.

"왜? 왜 혜수밖에 없어?"

채원의 대답이 이해가 안 가는 듯 민주가 돌아보았다.

"일단 유리 넌 소개팅 안 되잖아."

채원의 말에 유리가 머리를 끄덕였다.

"그치. 아직 데뷔한 지 얼마 되지도 않았고."

"유리는 그렇고. 난 성진 오빠 있는 거 다 알려져 있고."

"응."

채원의 설명에 민주가 고개를 끄덕였다. 채원이는 대학에 들어온 이후 성진과 붙어 다녔다. 강의 시간과 우리랑 만날 때 빼고는 늘 붙어 다녔다.

"혜원이는 의대 퀸이라 불가. 괜히 소개시켜 줬다가 의대생들한테 찍히기 싫어."

채원의 말에 혜원이 히죽 웃었다. 의대에서 혜원이의 비주

얼은 단연 탑이었다. 게다가 성적도 좋고, 교수님 대부분이
혜원이 부모님과 친한 사이라 의대에서 인기 최고였다.

"그럼 난?"

민주가 자신을 가리켰다. 자신에게 왜 소개팅이 안 들어오
는지 모르겠다는 표정이었다.

"넌 이공대잖아."

"그게 왜?"

민주가 정말 모르겠다는 듯 눈을 깜박거렸다.

"너희 과 여자 몇 명이야?"

"2명."

"남자는?"

"35명."

"모르겠어?"

"뭘?"

민주가 무슨 말이냐는 듯 눈을 둥그렇게 떴다.

"너도 혜원이랑 비슷한 이유라고. 난 많은 사람들에게 원
한 사고 싶지 않아."

"그래서 다른 사람은 다 커트하고 남은 게 나냐?"

내가 채원을 흘겨보며 물었다. 내가 다니는 문예창작과는
70% 이상이 여자였다. 인문대 자체가 여자 비중이 높다. 채
원이 말이 맞는 말이기는 하지만 왠지 기분이 나쁘다.

"꼭 그렇다기보단 혜수도 예쁘잖아. 거기다 성격도 좋고. 돈도 많고. 헤헤헤."

삐진 내 기분을 풀어주려고 채원이가 애교를 부렸다. 원래 애교가 많은 성격이기는 했지만 대학에 와서 성진과 붙어 다닌 뒤로 부쩍 애교가 늘었다. 옆에 딱 붙어 이렇게 애교를 부리는데 성질 부리기가 힘들었다. 그때 진동벨이 울렸다.

"어, 나왔나 보다. 민주야 가자."

채원이가 재빨리 진동벨을 들고 일어났다. 그리곤 민주와 같이 음료를 가지러 후다닥 사라졌다.

"혜수야. 미안."

유리가 괜히 내게 미안해했다.

"아냐. 괜찮아. 별거 아냐. 악령 끌고 오는 차사님도 붙어 있는데. 안 그래요? 차사님?"

내가 옆을 힐끗 돌아보며 말했다.

"차사님? 오셨어?"

"오셨잖아. 거기."

"어디? 어디?"

혜원이가 황급히 주위를 두리번거리기 시작했다. 유리가 미안해하니까 말 돌리려고 한 건데 차사님 얘기라면 항상 걸려드는 혜원이었다. 보이지도 않으면서 차사님을 찾으려고 두리번거리는 혜원을 보며 고개를 설레설레 저었다.

"그런다고 보이겠냐? 안 계셔."

"칫."

"근데 너 시간 괜찮아? 의대 공부할 거 많다며?"

턱을 괴고 혜원을 바라보았다.

"별거 아냐. 이따 집에서 하면 돼. 아, 왜 해부는 본과 가야 하는 거야? 아직 본과 가려면 한참 남았는데."

혜원이가 늘어지게 기지개를 켜며 말했다.

"야, 해부 같은 얘기 하지 마. 밥 먹은 지 얼마 안 됐거든."

"아, 나도 보고 싶다 차사님."

내가 툴툴거리든 말든 혜원은 구시렁거리며 테이블에 엎어졌다. 그런 혜원을 보고 유리가 웃었다. 모처럼 우리와 어울려서인지 표정이 밝고 환했다. 창밖으로 벚꽃이 날리고 있다. 벚꽃 나무 아래를 거닐 때도 좋았지만 이렇게 턱을 괴고 창밖을 보고만 있어도 행복했다. 해수 차사는 어제부터 신입 교육을 한다고 갔다. 무슨 일이 생기면 바로 올 수 있다고 했다. 구미호 사건 이후 큰 사건은 없었다. 1년가량 별다른 일이 없다 보니 직접 겪은 일들이 마치 꿈속에서 일어난 일인 것처럼 느껴졌다. 아니면 남의 일 같다고나 할까. 워낙 비현실적인 일들이라 더 그랬다. 그래서 오늘같이 화창한 날씨에 친구들과 함께하는 시간들이 행복하고 소중했다.

채원과 민주가 음료를 들고 왔다. 유리는 머리칼을 쓸어 넘기며 옆에서 웃고 있다. 혜원은 테이블에 엎어져 버둥거리고 있다. 다시금 창밖으로 고개를 돌렸다. 맑게 개인 하늘과 따듯한 햇살, 하늘하늘 춤추며 떨어지고 있는 벚꽃 잎들, 조금씩 물이 오르고 있는 나무들. 그리고 아까부터 그 위에 떠 있는 아기동자까지.

"그러니까 소개팅 할 거야?"

"유리 팬은 사양. 아, 유리 너 때문은 아냐. 그쪽이 문제인 거지."

음료를 빨대로 빨아들이며 고개를 저었다. 혹 유리가 미안해할까 봐 미리 얘기하는 거였다. 그러자 채원이가 내게 몸을 기울였다.

"내가 먼저 얘기해 봤는데 이번은 아닌 거 같아. 너희 과 선배야. 성진 오빠랑 같은 초등학교고. 강의 때 너 봤대."

"그래?"

턱을 괴고 심드렁하게 대꾸했다.

"응. 성진 오빠 만나는데 같이 나와서 얘기하다가 문창과고 해서 네 얘기 했더니 소개시켜 달라고 했어. 강의 시간에 너 보고 만나보고 싶었다고. 지난 일들도 있고 해서 내가 일부러 유리 얘기 계속했거든. 근데도 그 선배는 혜수 네 얘기에만 관심 보였어. 묻는 것도 혜수 너에 대한 것만 묻고."

"그래?"

채원의 말에 솔깃했다. 사실 이전 소개팅남들이 유리에게
만 관심이 있어서 싫었던 것이지, 소개팅을 하는 것이 싫었던
것은 아니었다. 상대가 나한테 관심이 있다면 뭐 싫을 리가
없었다.

"거기다 그 선배."

뭐가 있는지 채원이가 내게 다가앉으며 의미심장한 미소
를 지었다.

"뭔데? 뭔데?"

궁금한지 민주와 유리도 바싹 다가앉았다.

"뭐?"

채원에게 뭔가 속셈이 있을 것 같아 내가 일부러 시큰둥하
게 반응했다. 채원이가 눈을 반짝반짝 빛내며 말했다.

"엄청 잘생겼어. 성진 오빠 아니면 내가 뺏고 싶을 정도로,
어떻게 남자 얼굴이 나보다 더 작아. 거기다 잘생기기까지
하고."

채원이가 제 얼굴을 어루만지며 말했다.

"정말? 잘됐다."

민주가 손뼉을 치며 호들갑을 떨었다. 유리도 채원의 말에
자기 일처럼 기뻐했다. 둘이 사귀는 것도 아니고 소개팅하는
것이 축하까지 받을 일인가 싶지만, 잘생긴 선배가 내게 관
심 있어 하고 소개해 달라고 했다니 은근 기분이 좋았다.

"뭐 그렇다면 소개팅 못 할 것도 없지. 좋아. 언제? 시간은?"

"얘기해 봐야지. 너 이번 주말 어때?"

"별다른 일은 없어. 부적 납품은 언니들이 와서 가져갔으니까 없고, 아직 재고도 많으니까 작업 안 해도 돼."

"그럼 주말로 잡는다."

"그래."

내가 고개를 끄덕이자 채원은 바로 성진에게 연락했다. 고3 때 느낀 거지만 채원의 행동력 하나는 최고였다. 2학년까지는 맨날 쇼핑에 노래방에 놀러 다녔는데, 고3 되니까 죽어라 공부만 해서 Y대에 합격했다. 잘생긴 선배라 누굴까 혼자 턱을 괴고 생각을 더듬었다. 언제 강의실에서 본 적이 있는 사람일까. 하지만 내용이 따분해서 빼먹은 강의가 많고, 들어가서도 구석 자리에서 딴짓하다 보니 같이 강의를 듣는 동기나 선배 얼굴이 잘 떠오르지 않았다. 거기다 점심시간이나 강의가 없을 때도 고등학교 친구들이랑 어울려 다니다 보니 다른 친구들을 만들 기회가 없었다. 돌연 혜원이가 코를 킁킁거렸다.

"이 냄새는 나코다."

픽 웃음이 나왔다. 쟤는 강아지도 아니면서 무슨. 그때 카페 문이 열리며 위에 달린 종이 딸랑거리며 흔들렸다. 나코가 카페로 들어섰다.

"안녕."

나코는 우리 일행을 보고는 손을 흔들며 다가왔다.

"어, 나코."

"어, 나코다."

"나코, 안녕."

친구들이 나코를 보며 반가워했다.

"어학원은?"

"월요일부터다."

나코가 혜원의 옆에 앉으며 말했다. 나코는 원피스에 재킷을 입고 있었다. 벚꽃 나무 아래를 걸어왔는지 재킷 위에 꽃잎이 떨어져 있다. 혜원이가 웃으면서 꽃잎을 털어주었다. 나코는 동그란 얼굴이 상기된 채 우리를 향해 환하게 웃으며 설명했다. 나코는 좀 전에 어학원에 등록하러 갔다 왔다고 했다. 학기가 시작된 뒤라 힘들 텐데 하는 생각이 들었다.

"어떻게?"

내가 나코에게 물었다.

"학생 하나 그만뒀다. 그래서 나코 월요일부터 어학원 간다."

나코가 나를 보며 한쪽 눈을 찡긋 해 보였다. 학생 하나가 갑자기? 나코. 아, 얘 구미호였지. 원하는 걸 얻기 위해서는 누구라도 몇 초 만에 팔이나 다리를 부러뜨릴 수 있는 구미호. 물론 나코가 꼭 그런 짓을 한다는 건 아니지만. 부디 그만둔 학생에게 아무 피해가 없기를 마음속으로 기원했다.

4월 3일

해수

늦은 밤 사거리에서 시간이 되기를 기다렸다. 비가 오려는지 공기가 축축했고 기온도 서늘했다. 거리는 오가는 차량이 없어 텅 비어 있다. 12시가 넘은 시간이라 신호등이 모두 황색 점멸등으로 바뀌어 있었다. 멀리서 배달 스쿠터 한 대가 빠르게 달려왔다. 폰을 꺼내 시간을 확인했다.

"도훈 차사 준비하세요."

옆을 돌아보며 말했다. 도훈 차사는 지루한 듯 하품을 하다가 후다닥 폰을 들고 명부를 찾았다. 오늘은 신입 차사들의 첫 실습이 있는 날이라 내 옆에 도훈 차사와 자경 차사, 민정 차사가 함께 있었다. 명부가 중년 남자라 비슷한 나이인 도훈 차사에게 일을 시키기로 했다. 그사이 스쿠터는 사거리로 접어들고 있었다. 스쿠터는 사거리에 도착했지만 속도를 줄이지 않고 그대로 달려왔다. 그때 스쿠터의 왼쪽 도로에서 라이트도 켜지 않은 채 빠른 속도로 튀어나오는 차량이 있었다. 전기차인지 아무런 소리가 나지 않아 보이기 전까지 다가오는지도 몰랐다. 차량은 달려오던 속도 그대로 스쿠터를 들이받았다. 스쿠터에 있던 사람은 옆에서 들이받는 차량의 앞 유리에 머리를 부딪히고는 위로 튕겨 날아올랐다. 끈을 조이지 않았는지 튕겨 날아가는 사람의 머리에서 헬멧이 벗겨졌다. 헬멧이 날아가며 중년 남자의 얼굴이 드러났다. 놀라서 눈을 크게 뜨고 있다. 입은 소리를 지르려는 듯 크게 벌어져 있다. 남자는 허공에서 한 바퀴 반 회전을 한 뒤 아스팔트 바닥에 머리부터 떨어졌다. 떨어지는 충격으로 둔탁한 소리가 나며 남자의 머리가 푹 꺾였다. 이어 축 늘어진 남자 옆으로 스쿠터가 나뒹굴었다. 사고를 낸 차량은 속도를 줄이지 않고 그대로 달아나 사라졌다. 시간을 보니 12시 25분이었다.

"도훈 차사. 가세요."

내 지시에 도훈 차사가 쓰러진 남자에게로 다가갔다. 그리곤 당황한 모습으로 뭘 해야 할지 모르겠다는 듯 주춤거렸다. 나를 힐끗거리는 도훈 차사에게 자경 차사가 명부를 보라고 하는 듯 자신의 폰을 가리키며 소리 없이 입을 벙긋거렸다. 그제야 도훈 차사는 명부를 떠올린 듯 폰을 들여다보았다. 그사이 남자의 혼령이 육신에서 빠져나왔다. 자경 차사는 남자의 혼령이 빠져나오는 것을 보고는 도훈 차사에게 다급하게 손짓했다. 민정 차사는 자신의 일이 아니라 관심이 없는 듯 폰만 들여다보고 있다.

"아이고, 이거, 이거 이렇게 되면 안 되는데."

혼령은 쭈그려 앉은 채 땅에 쏟아진 음식을 주워 담으려고 했다. 하지만 손으로 쓸리지 않는 음식들 때문에 안절부절 어쩔 줄 몰라 했다. 그제야 혼령이 스쿠터 쪽으로 간 것을 알아차린 도훈 차사가 폰을 든 채 혼령에게 다가가려고 했다. 그때 차량 하나가 빠른 속도로 달려왔다. 도로를 가로지르던 도훈 차사는 무섭게 내달리는 차량을 보더니 흠칫하며 뒷걸음질을 쳤다. 아직 살아 있을 때의 습관이 없어지지 않았는지 차량을 무서워했다. 도훈 차사는 차량이 지나간 뒤에야 겨우 혼령에게 다가갔다. 혼령은 음식을 쓸어 담으려다 안 되자 이번에는 스쿠터를 세우려고 했다. 하지만 혼령의 손은 연신 스쿠터를 통과하기만 했다.

"에, 또, 박기태씨. 아, 저, 박기태씨. 저기 그 뭐냐, 그 박기태씨."

도훈 차사는 우왕좌왕하는 혼령을 쫓아다니며 이름을 불렀다. 몇 번을 부르다 잊었는지 다시 폰을 들여다보고는 혼령의 이름을 불렀다. 계속 이름을 호명하자 그제야 혼령이 들은 듯 돌아보았다.

"에, 그러니까 박기태씨. 아, 세 번만 부르면 된댔지. 그러니까 그 뭐냐. 박기태씨는 좀 전에, 그러니까 뭐냐 어, 2021년 4월 3일 0시 25분. 어, 0시 25분에 사망하셨습니다."

도훈 차사는 더듬거리며 말을 이었다.

"아니 그게 무슨."

도훈 차사의 설명에 혼령은 놀란 듯 주위를 돌아보았다. 그리곤 조금 떨어진 도로 위에 널브러진 자신의 시신을 보았다. 자신의 시신을 보자 혼령은 그 자리에 주저앉았다.

"아니. 이거 배달해야 애 내일 학원비, 학원비 내일까지 내야 되는데. 이거 배달해서 받아야 학원비 내는데."

혼령은 충격을 받았는지 주저앉은 채 계속 같은 말만 중얼거렸다.

"저기 박기태씨 마음은 알겠는데, 박기태씨는 이제 그 뭐냐. 죽 아니 사망, 그러니까 돌아가셨으니까 우리와 같이 가야 돼요. 아시겠어요? 박기태씨?"

"아니. 배달. 나는 배달 가야 돼, 배달. 보현이 학원비. 나 배달. 배달 가야."

혼령은 비틀거리며 일어나서 스쿠터로 다가갔다. 그리곤 배달을 가려는 듯 스쿠터를 계속 세우려고 했다.

"아니 박기태씨는 그 뭐냐. 사망하셨다고요. 사망. 아시겠어요? 사망."

도훈 차사는 자신의 말을 듣지 않는 혼령에게 이마의 굵은 주름을 만들며 큰 소리로 얘기했다. 하지만 혼령은 그 말에 아랑곳하지 않고 계속해서 스쿠터를 세우려고만 하고 있었다. 혼령의 원념이 더 강해지면 원혼이 되어 이승을 떠돌게 될 것 같은 상황이었다. 나는 뒷짐을 진 채 도훈 차사와 혼령을 지켜보고 있었다. 평소 같으면 진즉 나서겠지만 지금은 신입 교육 중이라 좀 더 지켜보기로 했다.

"기태씨. 박기태씨. 내 말 들려요? 박기태씨."

도훈 차사는 자신의 말을 듣지 않고 계속 스쿠터만 세우려는 혼령에게 답답한 듯 소리쳤다. 어쩔 줄 몰라 하는 도훈 차사를 도우려고 자경 차사가 나서려고 하는 걸 내가 제지했다. 스쿠터를 세우려고 하는 혼령의 손이 점점 느려졌다. 이윽고 혼령이 손으로 입을 틀어막으며 흐느끼기 시작했다.

"오늘 축구 때문에 배달이 많아서 그래서 끝나고 나도 치킨 사들고 가려고 했는데. 늦게까지 공부하는 아들이랑 같이 먹으려고. 우리 보현이 치킨 좋아하는데 자주 못 먹어서. 그래서 오늘은 치킨을 흑흑."

혼령이 흐느끼며 손으로 입을 틀어막았다. 이제야 자신이 죽었다는 사실을 받아들인 것 같았다. 자경 차사가 착잡한 눈으로 나를 바라보았다. 고개를 끄덕여 주자 자경 차사는 재빨리 혼령에게 다가가 달래기 시작했다. 도훈 차사는 그 옆에 머쓱한 듯 서 있었다. 민정 차사가 내 옆으로 다가섰다.

얼굴이 딱딱하게 굳어져 있었다.

"왜? 무슨 일 있어?"

"사고 낸 운전자요."

"운전자가 왜?"

"걔 작년인가 음주운전으로 사망사고 냈는데 아버지 빽으로 집행유예 받았었어요. 그때도 지가 안 걸리려고 운전자 바꿔치기하고 했었는데. 이번에는 아예 날라버리네. 짜증나."

민정 차사는 화가 나는 듯 머리를 쓸어 올리며 숨을 몰아쉬었다.

"운전자를 봤어?"

"그대로 튀길래 지나갈 때 차 안을 들여다봤죠. 술 냄새는 모르겠고 눈이 풀린 게 음주 아니면 약 한 거 같았어요. 아, 씨. 생각할수록 열받네. 이걸 어떻게 신고할 수도 없고."

민정 차사가 입술을 깨물며 허공에 주먹질을 했다. 민정 차사는 자기 일이 아닌 것에는 관심이 없는 듯 보였는데, 지나가는 차의 안을 들여다본 모양이었다. 도로를 가로지르려다 달려오는 차를 보고 멈칫한 도훈 차사와 달리 민정 차사는 자신이 혼령이라는 것과 혼령이 육신과 어떻게 다른지 잘 알고 있는 것 같았다. 저 멀리 사이렌 소리를 울리며 경찰차가 달려오고 있었다. 누가 신고했는지 사고 현장으로 달려온 경찰차가 스쿠터 앞에 멈춰 섰다. 경찰은 차에서 내려 시신에게 다가갔다. 그리곤 무전으로 구급차를 불렀다. 경찰이 다가오자 도훈 차사와 자경 차사, 혼령은 한 걸음 물러섰다.

"다음 건이 오후지."

"네. 자경 언니 건이 오후 4시. 저는 오후 7시요."

민정 차사가 대답했다.

"시간 여유가 있네."

내가 고개를 끄덕이며 혼령에게 다가갔다. 흐느끼는 혼령을 아직 자경 차사가 달래는 중이었다.

"박기태씨. 저는 정해수라고 합니다. 이분들과 함께 박기태씨를 저승으로 모셔 가려고 합니다."

"네."

혼령은 내 말에 흐느끼며 대답했다. 바닥에 쓰러져 있는 몸과 스쿠터를 자꾸 돌아보는 게 아직 마음을 추스르지 못한 모양이었다.

"박기태씨 가시기 전에 가족들 보시겠어요?"

"네?"

내 말이 이해되지 않는 듯 혼령이 의아한 표정으로 쳐다보았다. 하지만 금세 이해했는지 고개를 끄덕였다.

"네. 할 수 있으면 가족들을 만나보고 싶습니다."

"사망하셔서 가족분들과 얘기하거나 할 수는 없겠지만 보실 수는 있습니다. 그래도 괜찮으시다면 가족분들 보실 수는 있습니다. 어떡하시겠어요?"

"보겠습니다."

"좀 있으면 구급차가 시신을 수습하고 경찰에서 가족분들에게 연락할 겁니다. 구급차를 따라 병원으로 가 계시면 가족분들을 보실 수 있으실 겁니다. 저희랑 같이 가시죠."

혼령은 가족을 볼 수 있다는 말에 흐느낌을 멈추었다. 좀 전보다는 많이 진정된 모습이었다. 구급차가 오는지 멀리서 사이렌 소리가 들렸다.

"다음 일까지 시간이 많으니까 박기태씨의 가족들 보고 가도록 하죠. 그래도 괜찮겠죠?"

내가 신입 차사들을 돌아보며 말했다.

"네, 저야 뭐."

"그러죠."

신입 차사들은 서로를 돌아보며 대답했다. 처음 해보는 일에다 혼령의 감정에 휩싸였던 도훈 차사와 자경 차사는 그 말에 안도하는 표정이 되었다. 혼령과 비슷한 연배의 나이 때문일까. 차사가 되었는데도 남의 일 같지 않게 느껴지는 모양이었다. 빠르게 다가온 구급차가 멈추고 안에서 나온 대원들이 시신을 수습했다. 민정 차사가 내 곁으로 다가왔다.

"선배님. 멋있어요."

민정 차사가 엄지를 세웠다.

"뭐가?"

"방금 하신 거요."

"평소 하던 거야. 바쁘면 몰라도 여유 있으면 돌아가신 분들 이승에 미련이 남지 않게 될 수 있으면 가족들 보고 가곤해. 별것도 아닌 걸로 멋있다고는."

"그래도 멋있어요."

민정 차사가 가볍게 어깨를 맞부딪쳤다. 나는 갑작스러운 민정 차사의 스킨십에 당황했다. 하지만 정작 민정 차사는 별일 아니라는 듯 태연했다. 시신을 수습한 구급차가 출발하려고 했다.

"가자. 가시죠."

내가 손짓을 했다. 그 안내에 혼령과 신입 차사들이 구급차를 따라 움직이기 시작했다.

일을 마치고 원영의 집으로 왔다. 다른 때와 달리 조금 지쳐 있었다. 1년간의 휴지기를 거쳐 오랜만에 일을 하는 데다 신입 차사들을 데리고 다니며 일을 가르쳐야 해서 신경 쓰이는 일들이 많았다. 검은 하늘에 동전 같은 달이 던져져 있다. 가로등이 비치는 잘 손질된 정원에 밤이슬이 내려앉고 있다. 집으로 들어가자 원영과 나코만 있었다.

"차사님 오셨어요?"

소파에 있던 원영이 반갑게 맞아주었다. TV 앞에 있던 나코가 힐긋 돌아보며 인사를 하고는 다시 게임에 몰두했다.

"애들은?"

"혜원 언니는 도서관, 혜수 언니는 소개팅 가서 아직요."

원영이 미소를 지으며 말했다.

"아직?"

벽에 걸린 시계는 10시가 넘어서고 있다. 순간 짜증이 팍 밀려왔다. 시간이 몇 신데.

"얘는 지금 시간이 몇 신데. 얘, 몇 시에 나갔냐?"

"3시 좀 넘어서요."

"어디 갔는지 모르지?"

한숨 돌릴까 해서 여자아이를 찾아왔는데, 없으니 짜증이 났다.

"SNS 보니까 칵테일바에 있는 거 같던데요. 소개팅 잘됐나 봐요."

원영이는 말하다 말고 아차 하는 표정을 지었다. 마음 같아서는 당장 쫓아가 데려오고 싶은데, 남자랑 같이 있다니 고민이 되었다. 그래도 그렇지 아무리 소개팅이라도 알아서 일찍 다녀야지. 휴 하고 한숨을 쉬었다. 암튼 여자애가 하여간.

"개똥이가 근처에 있으니까 별일 없을 거예요. 게다가 언니 있는 곳도 제가 아는 데고, 여기서도 멀지 않으니까 무슨 일 있으면 바로 갈 수 있을 거예요."

원영이가 안심하라는 듯 설명했다.

"빨리 빨리 좀 다니지. 난 올라가 있을 테니 연락 오면 알려줘."

"네."

원영이가 생긋 웃으며 대답했다. 원영이 괜한 오해를 할까 민망했다. 별다른 감정이 있어 그런 것이 아니라 이런저런 일을 당한 여자아이가 밤늦게 돌아다니다 또 무슨 일이 생길까 걱정이 되어서 그런 거였다. 뒷짐을 지고 천천히 계단을 올라갔다. 원영이 이번에 옮긴 집은 지난번에 살던 집보다 크고 넓었다. 나코라는 아이도 어학당에 다니며 여기서 지내는 모양이고, 혜원이란 아이도 대학이 가깝다는 이유로 이 집에서 살고 있다. 원영이 쉬고 싶을 때 언제든 사용하라고 내게도 내어준 방은 정원이 내다보이는 전망 좋은 2층의 방이었다. 문을 열고 안으로 들어갔다. 뒷짐을 진 채 창가에 서서 가로등이 비치는 정원을 물끄러미 내다보았다. 여자아이는 대학에 들어와서 몇 번의 소개팅을 했었다. 처음에는 여자아이가 다른 남자와 만난다는 것에 대해 기분이 나쁘기는 했지만 소개팅을 나가도 일찍 들어왔었다. 돌아온 여자아이의 얼굴도 기분이 상한 표정이었다. 원영과 혜원이 소개팅에 대해 물어봐도 얘기하기 싫다고 여자아이는 도리질을 했다. 그래서 뭐 그런가 보다 했었는데, 이번에는 어떻게 된 것인지 3시에 나간 애가 10시가 넘도록 들어오지 않고 있었다. 처음 보는 남자와 무슨 할 말이 많아서 이 시간까지 같이 있는지 이해가 되지 않았다. 한동안 방에서 뭉그적대고 있는데 벨소리가 울렸다. 잠시 뒤 현관문이 열리는 소리와 함께 한껏 기분 좋은 여자아이의 목소리가 들렸다.

"나 왔쪄."

"어, 언니. 혜원 언니도 왔네."

원영이 말하는 소리가 들렸다.

"요 앞에서 만났어."

"혜수, 혜원 왔어?"

"어, 나코 그 게임 뭐야?"

시끌벅적한 소리에 나가 보니 소파에 여자아이가 널브러져 히죽거리고 있었다. TV 앞에는 나코와 혜원이 붙어 앉아 게임을 하고 있다. 원영은 냉장고에서 물을 꺼내 여자아이에게 갖다주었다.

"왔냐?"

"어, 차사님. 언제 오셨어요?"

나를 보고 여자아이가 반가워했다. 술 마신 것 같지는 않은데 얼굴이 발그레했다. 화장을 하고 꾸민 모습이 예뻤다.

"차사님? 어디 어디?"

"저기. 네 옆."

여자아이의 대답에 혜원이 나를 찾아 두리번거렸다.

"이번은 괜찮나 봐? 지금까지 있다 온 걸 보면."

"네. 괜찮아요. 너무, 너무 괜찮아요."

원영이 가져다준 물을 마시며 여자아이가 생글생글 웃었다.

"언니. 이번에는 커플 성공하는 거예요?"

"아마도. 아까 헤어지기 전에 월요일 점심 같이 먹기로 했어. 혜원아, 나 월요일 점심 따로."

여자아이가 혜원이가 있는 쪽을 보며 소리쳤다. 혜원은 나를 찾아 한참을 두리번거리더니 포기하고는 다시 나코와 게임에 몰두하고 있었다. 혜원은 게임하기도 바쁜지 돌아보지도 않고 손만 들어 보였다. 내가 헛기침을 하며 여자아이를 보았다.

"그 남자랑 그 뭐냐, 사귀는 거냐?"

"아직 사귀는 것까지는 아니고, 뭐 썸 정도?"

"썸? 그게 뭔데?"

"아하 그런 거 있어요. 저 올라가 볼게요. 씻으러. 혜원, 나코, 나 먼저 올라간다."

여자아이가 인사하고는 위층으로 뛰어 올라갔다. 한껏 들뜬 모습이었다. 뒷짐을 진 채 서서 계단 위로 사라지는 여자아이를 지켜보았다. 사귀는 건 아니고 뭐 썸 정도? 그나저나 썸은 또 뭐야? 사귀면 사귀든지 아니면 아니든지. 뭐 이젠 성인이니 남자도 사귀고 하겠지. 나는 그저 여자아이의 신장일 뿐이니까. 하지만 왠지 기분이 착잡했다. 계속 혼자 서 있기도 그래서 2층의 방을 향해 조용히 계단을 밟았다.

4월 4일

혜누

　오늘은 4월 4일이었다. 안 좋다는 4 자가 2개가 겹치지만 좋은 날이다. 오늘 운세가 대흉으로 나왔지만, 같이 대흉이 었던 어제도 소개팅이 대박이었다. 채원의 호들갑과 미리 본 SNS 사진이 있었지만 직접 만나본 박은우 선배는 정말 말도 안 되는 비주얼이었다. 이런 선배를 왜 강의실에서 본 기억이 없지? 아, 맞다. 항상 강의 시작 직전에 뒷문으로 들어가 구석 자리에 짱박혀 있었지. 게다가 대학은 고등학교와 달리 자유로운 분위기라 강의 시간 중 질문도 그렇지만 대답도 하고 싶은 학생들이 했다. 강의 시간에 대답 안 한다고 성적에 영향을 주는 것도 아니고 표면적으로는 대답을 하든 안 하든 상관이 없었다.

　그러다 보니 강의 시간에 질문하거나 대답하는 학생은 교수님에게 관심을 받으려는 일부 학생들이었다. 물론 나는 강의 시간에 질문도 대답도 안 하는 부류였다. 그러고 보니 유독 여학생들이 몰려 있는 곳이 있었던 것 같았다. 은우 선배가 있었다면 아마 그랬을 것이다. 어제 만나본 은우 선배는 그러고도 남을 비주얼이었다. 180이 넘는 키에 얼굴이 여자보다 작았다. 거기에 큰 눈, 짙은 눈썹, 곧게 뻗은 콧날, 풍성한 헤어. 대충 걸치고 나온 것 같은데도 화보 같은 패션 감각하며 무엇 하나 흠잡을 데 없는 미남이었다. 채원이 검증해봤다고는 하지만 혹시나 해서 유리에 대해 떠보았다. 하지만 은우 선배의 반응은 시크했다. 유리가 예쁘고, 노래 잘하고 퍼포먼스 좋아서 좋아하기는 한다, 하지만 어디까지나 팬으로서라는 말이었다. 같은 학교라 관심이 있지만 그걸로 끝이라고 덧붙였다. 물론 같이 만나서 밥 먹고 차 마시고 사진 찍고 사인받으면 좋기는 하다고 말했다. 하지만 그것도 나랑 가까워진 다음이라고 못 박았다. 은우 선배는 내게 관심이 있고, 나를 알고 싶어 소개해 달라고 했다고 말했다. 그래서 내가 일부러 데려오지 않는 한 유리와 같이 만나고 싶은 생각은 없다고 했다. 그렇게 얘기하는 은우 선배의 목소리가 너무 달콤하게 들렸다.

의자를 뒤로 밀며 기지개를 켰다. 봄이라 그런지 해가 많이 길어졌다. 아침에 조깅과 모닝 수련하고 내일 강의 내용을 미리 예습했다. 혹시라도 은우 선배와 같이 듣는 강의에서 창피 안 당하려고 지난 강의 내용들과 다음 주 강의 범위를 미리 공부했다. 영기 수련을 한 뒤로 집중력과 기억력이 좋아졌다. 이해력도 늘었다. 덕분에 공부를 안 해서 그렇지 하면 바로 성과가 나왔다. 한 달 동안 땡땡이 친 거 따라잡다 보니 어느새 오후 4시 반이 넘어버렸다. 입이 심심해 주방으로 가 냉장고를 열었다. 마땅히 끌리는 게 없다. 턱을 만지며 생각했다. 편의점이나 갔다 올까?

"원영, 편의점 갈 건데 필요한 거 있어?"

"아뇨. 전. 나코 언니 필요한 거 있어?"

"초코파이. 많이."

"난 하××즈."

소파에 누워 책을 읽고 있던 혜원이 기회를 놓치지 않고 프리미엄 아이스크림을 사 오라고 소리쳤다. 뭐, 그 정도야.

"갔다 올게."

신발을 신고 집을 나섰다. 대기는 따듯하고 햇살이 화사하게 머리에 내려앉았다. 벚꽃은 아직 한창이고 한쪽에는 분홍색 진달래가 무리 지어 피어나고 있었다. 어디선가 봄바람이 살랑살랑 불었다. 기분 좋은 봄날의 오후였다. 시간을 보니 4시 42분이었다. 좀 있으면 4시 44분 되겠네. 운세 대흉에 4월 4일 4시 44분이라고 불길한 일이 생긴다면, 오늘 불길한 일을 맞는 사람이 무지하게 많을 것 같았다. 왜? 오늘은 전 세계 사람이 모두 4월 4일 오후 4시 44분을 맞으니까. 아니

24시간으로 하면 4월 4일 16시 44분이니까. 달라지나? 4가 4번이니까 이게 더 안 좋은 건가? 혼자 이런저런 생각을 하며 걸어가는데 뭔가 섬찟한 느낌이 들었다. 정신을 차려보니 사방이 고요한 것이 아무런 소리도 들리지 않았다. 결계? 작년에 나코가 친 결계와 구미호들이 친 결계에 들어갔던 적이 있었다. 지금도 그때와 같이 주위가 보이기는 하지만 외부 소리가 하나도 들리지 않았다. 재빨리 주머니에 넣어둔 부적을 꺼내 들었다. 골목 중간에 젊은 여자가 서 있었다. 일본풍의 복장이 눈길을 끌었다. 여자는 나를 매서운 눈으로 쏘아보았다.

"あなたは九番目の娘とどういう関係ですか. そしてなぜ死の気配を漂わせているのですか(당신은 아홉 번째 아가씨와 무슨 관계입니까. 그리고 왜 죽음의 기운을 풍기십니까)?"

여자가 날카로운 목소리로 소리쳤다. 난데없이 일본어로 물어봐서 당황스러웠다. 일본어라 무슨 말을 하는지도 모르겠다. 일단 목소리에서 풍기는 느낌이 우호적이지는 않다. 결계를 친 것으로 봐서 나를 공격할 수도 있었다. 하지만 바로 공격해 오지는 않았다. 뭐라고 얘기해야 하지? 번역기를 사용할까 하다가 뭔가 생각이 났다.

"저 누구신지 모르지만, 전 싸울 생각이 없어요. 그리고 전 일본말을 할 줄 몰라요."

사념으로 말을 걸자 상대가 깜짝 놀란 듯 눈을 크게 떴다. 그러나 이내 전보다 더 매서운 눈으로 나를 노려보았다.

"당신은 무엇입니까. 인간입니까? 요괴입니까?"

상대가 차갑게 물었다. 결계를 쳤길래 통하지 않을까 하고 사념으로 말을 걸어봤는데 다행히 통했다. 하지만 상대의 반응은 사념으로 말을 걸기 전보다 더 안 좋은 상황이었다.

"사람이죠. 누가 봐도 사람이잖아요."

"사람이 이렇게 쉽게 사념으로 말을 걸어오진 않습니다. 게다가 사람은 그렇게 죽음의 기운을 강하게 뿜지도 않습니다. 정체를 밝히십시오. 당신은 무엇입니까? 어떤 요괴입니까? 그리고 아홉 번째 아가씨랑은 어떤 관계입니까?"

여자가 손에 들고 있는 부채로 나를 가리켰다. 다른 손에는 부적으로 보이는 종이 뭉치를 들고 있다. 여차하면 날 공격하려는 모양이었다. 상대의 공격에 대비해 손으로 영기를 모으기 시작했다.

"나 사람이라니까. 그리고 아홉 번째 아가씨가 누구? 누군지 설명을 해줘야…."

말을 채 끝내기도 전에 갑자기 여자가 내게 달려들었다. 그리곤 쉬익 소리와 함께 부채가 날 향해 날아들었다. 재빨리 영기를 모은 손으로 부채를 막았다. 부채에 영기가 실렸는지 묵직한 충격이 느껴졌다. 지난번 구미호보다는 약하지만 보통 사람의 힘을 훨씬 넘어서는 힘이었다. 그러나 생각할 시간도 없이 내 눈앞으로 종이 뭉치가 날아들었다. 반사적으로 부적을 든 손으로 맞받아쳤다. 서로의 부적이 부딪치며 불길이 일었다. 그 불길에 나와 여자는 재빨리 뒤로 물러섰다. 타버린 부적들이 재가 되어 땅에 떨어졌다. 여자는 내 반격에 놀란 표정을 지었다.

"바로 반격하는 걸 보니 역시 요괴군요."

"아니 난 사람이라니까."

"문답무용(問答無用). 요괴는 사라지십시오."

어느새 여자는 새로 부적을 꺼내 들었다. 그리곤 부채와 부적을 든 양손에 영기를 모아 불길을 일으켰다. 싸우고 싶지는 않지만 상대가 저렇게 나오면 어쩔 수 없었다. 나도 양손에 영기를 모아 불길을 일으키기 시작했다. 동네를 나오는 길이라 부적은 좀 전에 쓴 게 전부였다. 내가 일으킨 불길을 보더니 여자가 더 매서운 눈을 했다. 여자는 나를 사람 모습을 한 요괴로 확신하는 모양이었다. 오해를 풀고 싶지만 일단 싸워야 하는 난감한 상황이었다. 여자가 나를 향해 부적을 날렸다. 부적이 불길을 일으키며 날아들었다. 재빨리 몸을 날려 피했다. 그런 날 향해 다시 여자의 부채가 날아들었다. 즉시 부채를 향해 주먹을 날렸다. 부채와 주먹이 부딪히려는 순간 어떤 그림자가 둘 사이로 뛰어들었다.

"何をしているんだ(뭐 하는 것이냐)?"

"언니, 잠깐만."

뛰어든 그림자는 나코와 원영이었다. 원영은 햇빛이 들지 않게 점프수트와 헬멧을 쓰고 있었다. 나코는 처음 보는 무서운 표정으로 여자를 노려보고 있다.

"死の気配を漂わせる妖怪と遭遇し, 退治しておりました. 九番目の娘様(죽음의 기운을 풍기는 요괴를 만나, 퇴치하는 중이었습니다. 아홉 번째 아가씨)."

여자가 나코의 말에 공손하게 대답했다.

"말이 안 통하니까 사념으로 얘기할게. 여기는 강혜수. 한국 무녀고, 내가 같이 지내는 친구다. 이쪽은 사쿠라 마이(咲良舞). 대대로 우리 야마나카 일족을 모시는 가문의 무녀다."

내가 무녀라는 말에 여자가 의아한 눈으로 쳐다보았다.

"하지만 아가씨, 저 무녀는 죽음의 기운을 강하게 풍기고 있습니다. 많은 무녀를 보았지만 저렇게 죽음의 기운을 강하게 풍기는 무녀는 본 적이 없습니다. 게다가 무녀와 같이 있는 것은 혈귀가 아닙니까. 혈귀가 보호하는 무녀는 인간일 리 없습니다."

여자가 강하게 고개를 저었다.

"나도 처음에는 그랬다. 죽음의 기운을 강하게 풍겨서 요괴라고 생각했었지. 하지만 혜수는 인간이고 무녀다. 사신을 모시는 무녀라 죽음의 기운이 강할 뿐이다. 그리고 저 혈귀도 나와 같이 지내는 혈귀다. 그러니 경계를 풀어라."

나코의 말에 무녀는 그제야 경계를 늦추었다. 결계도 풀었는지 주위의 소리가 들리기 시작했다.

"여기선 얘기하기 적당하지 않으니 자리를 옮기자. 따라와라."

나코가 여자를 돌아보며 말했다. 그리곤 집을 향해 앞장섰다. 나코의 뒤를 따라 나와 원영이 걸어갔다. 무녀는 그 뒤를 따랐다. 나와 원영을 경계하는지 여자의 날카로운 눈빛에 뒤통수가 따가웠다.

일행들이 거실에 모여 앉았다. 나코와 사쿠라 마이가 같이 앉았고, 건너편에 나와 원영이 앉았다. 혜원은 무슨 소동인가 하는 눈으로 호기심 가득한 표정을 지은 채 내 뒤에 서 있었다. 혜원의 눈이 반짝이는 걸 보면 갑자기 나타난 사쿠라라는 무녀에게 호기심이 동한 모양이었다. 하지만 내가 알아듣게 하려고 사념으로 얘기를 하니까 들을 수 없는 혜원은 불만스러운 얼굴이었다. 어쩔 수 없이 내가 간간이 해주는 설명으로 무슨 말을 주고받는지 알 수밖에 없었다. 나도 영이나 영을 다루는 상대들과는 사념으로 얘기를 하지만, 사람과는 해본 적 없어, 어떻게 하는지도 몰랐다. 사실 영과 얘기

하는 것도 차사님과 얘기하듯 머릿속에 생각을 떠올리는 정
도였다.

그게 대부분은 통했다. 그게 통하지 않는 상대와 어떻게
얘기해야 하는지는 모르겠다. 다음에 동방 팀장님을 만나면
물어봐야겠다.

"그러니까 내가 갑자기 사라져 찾으러 왔다가 혜수가 요괴
인 줄 알고 퇴치하려고 했다."

"네. 아가씨."

"뭐, 나도 그랬으니까 할 말 없다. 혜수, 내가 대신 사과한
다. 마이 짱이 모르고 그랬으니까 용서해 줘."

"오해해서 그런 건데 용서하고 말고 할 것도 없지. 게다가
다치지도 않았으니까 괜찮아."

"감사합니다. 아홉 번째 아가씨. 강혜수님."

사쿠라씨가 내 말에 공손히 고개를 숙여 감사를 표했다.
오해가 풀려 다행이었다. 그때 문득 떠오른 생각이 있어 내
가 물어보았다.

"그런데 나코랑, 사쿠라씨 모두 내가 죽음의 기운을 강하
게 풍겨 요괴로 알았다고 했잖아. 그럴 때 뭐라고 해야 오해
를 풀 수 있어?"

내 말에 순간 나코와 사쿠라씨가 서로를 보며 곤란한 표정
을 지었다.

"아마 설명이 불가능할 것 같습니다. 인간이 그렇게 강한 죽음의 기운을 풍기는 경우는 없습니다. 영을 느끼는 자라면 누구든 강혜수님을 요괴나 사신으로 생각하고 공격할 것입니다."

사쿠라씨가 설레설레 고개를 저었다.

"누구 믿을 만한 존재가 중재하면 모를까 아마도."

나코와 사쿠라씨가 미안한 표정을 지었다. 아, 골치야. 방법이 없다는 거네. 그럼 앞으로도 영을 느끼는 자면 누구나 나를 공격할 수 있다는 말이다.

"무슨 얘기야?"

등 뒤에서 혜원이가 고개를 들이밀었다.

"내가 요괴 같대."

"뭐? 킥킥. 그리고?"

"요괴 아니라고 해도 안 믿을 거래."

"그럼 너 망한 거야?"

"아마도."

죽음의 기운을 풍기는 원인은 신장이 저승사자이기 때문이었다. 나코가 설명할 때 저승사자를 사신이라고 했다. 저승사자의 개념이 없는 곳에서는 저승사자가 사신으로 이해될 것 같긴 했다. 옛날에는 우리도 저승사자를 사신같이 생각했었다. 저승사자가 신장이다 보니 이런 문제가 생긴 것이었다. 정말 골치가 아프다.

"혜수, 나쁜 것만은 아니다. 나나 마물, 다른 요괴들 죽음의 기운 때문에 같은 편이라고 생각, 공격 안 한다."

"하지만 무녀는 공격할 거 아냐."

"무녀는 공격한다. 하지만 요괴는 공격 안 한다."

나코가 눈을 동그랗게 뜨고 설명했다.

"무녀는 공격하고, 요괴는 공격 안 한다면 그건 내가 요괴라는 거잖아."

"혜수 요괴 아니다. 하지만 무녀 혜수 공격한다. 요괴 혜수 공격 안 한다."

나코는 열심히 설명했다. 얘들에게 얘기해 봐야 답이 나올 수 있는 것이 아니었다. 하긴 지금도 구미호와 뱀파이어랑 같이 앉아 얘기하고 있으니, 어휴 참. 혜원은 나코와의 대화를 들으며 배를 잡고 구르고 있다. 이건 반드시 해결해야 하는 문제였다. 동방 팀장님이 오시면 꼭 물어봐야겠다.

"咲良さん, 巫女になると幽霊を見たり話したりできるようになりますか(사쿠라씨, 무녀가 되면 영을 보거나 대화할 수 있나요)?"

갑자기 혜원이가 능숙한 일본어로 얘기했다.

"야, 너 갑자기 일본어야?"

"내가 그동안 본 일본 애니가 얼만데. 나 애니 보려고 일본어 회화 마스터 했잖아."

혜원이가 의기양양한 표정으로 주먹을 쥐어 보였다.

"巫女によって様々ですが, 私は幽霊を見ることができ, 会話することもできます(무녀마다 다르지만, 저는 영을 볼 수 있고, 대화를 할 수 있습니다)."

"私も巫女になりたいです(저도 무녀가 되고 싶습니다). どのようにすれば巫女になれますか(어떻게 하면 무녀가 될 수 있나요)?"

혜원의 질문에 약간 놀란 얼굴을 했지만 사쿠라씨는 차분하게 대답했다. 무슨 얘기인지는 모르겠지만 사쿠라씨의 대답에 혜원은 신이 나서 연달아 질문을 던졌다.

"ええと, 私は両親から巫女の能力を受け継ぎました(글쎄요, 저는 부모님으로부터 무녀의 능력을 물려받았습니다). 一般の人が巫女になる方法はわかりません(일반인이 무녀가 되는 방법은 알지 못합니다)."

사쿠라씨의 말에 혜원이 실망한 표정이 되었다.

"혜원 언니, 무녀 되는 방법 물었는데 모른다고 해서 삐진 거예요."

사쿠라씨의 말을 원영이 통역해 주었다. 원영은 평소 나코와 일본어로 얘기하는 사이였다. 거의 웬만한 나라의 언어는 다 말할 줄 안다고 했다.

"무녀도 안 된대?"

"놀리지 마."

"그럼 소환이라도 해보던가. 혹시 알아 기한 아저씨같이 누가 나올지?"

"그럴까?"

내 말에 혜원이 급 흥미를 보였다. 예전에 기한에게 들은 바로는 내 영기가 강해 소환이 되었다고 했다. 할머니가 기가 세다고 했지만 혜원에게서는 영기가 느껴지지는 않았다. 나코와 원영도 역시 영기가 느껴지지 않는다고 했다. 혜원이 눈을 반짝이며 생각에 잠긴 얼굴로 턱을 만지작거리고 있는 게 마법진 앞에서 밤샐 것은 확실해 보였다.

해수

 나무에 점점 물이 오르고 있다. 산들바람이 싹이 트고 있는 나뭇가지를 흔들며 지나갔다. 아름다운 봄날에 사람들은 경쾌하게 걸음을 옮겼다. 저승은 봄이라도 왠지 창백한 느낌이 드는데, 이승의 봄은 눈이 부시게 환했다.

 여자아이의 맞은편에 젊은 남자가 앉아 있었다. 작은 얼굴에 커다란 눈, 오뚝한 코. 남자지만 예쁘장한 얼굴이었다. 앉은키는 크지 않은데 테이블 아래로 보이는 다리가 길었다. 키는 제법 되는 것 같은데 체격은 고만고만했다. 남자답게 듬직한 체격이 아니라 호리호리한 체격이었다. 옷도 제법 맵시 있게 입었다. 요즘 젊은이들 기준으로는 잘생긴 모양인지 카페에 있는 여자들이 남자를 흘깃흘깃 훔쳐보았다. 개중에는 멍한 얼굴로 정신없이 쳐다보는 여자들도 있었다. 젊은 남자 앞에 앉은 여자아이는 좋은지 들뜬 표정이었다. 뭐가 그렇게 할 얘기가 많고 뭐가 그리 좋은지 생글거리는 얼굴로 계속 조잘조잘 떠들었다. 문제는 무엇 때문인지 여자아이의 근처로 가지 못하는 것이었다.

"그러니까 어제 배운 결계라는 거지?"

"아마도요. 그 일본에서 온 무녀한테 배운 거 같더라고요. 아까 아침에도 연습하더니."

아기동자가 기억을 떠올리는 듯 머리를 갸웃거렸다. 나와 아기동자는 여자아이가 친 결계 때문에 가까이 가지 못하고 길 건너편에서 카페를 보고 있었다. 근처의 사람들은 아무렇지 않은 것으로 봐서 영들만 접근하지 못하는 결계를 친 모양이었다. 주의 깊게 살펴보자 여자아이의 주머니에 부적 종이가 얼핏 보였다. 여자아이의 생각이나 말소리가 전혀 안 들리는 게 영기를 차단하는 부적도 같이 가지고 있는 모양이었다. 아니 남자 만난다고 뭐라고 한 것도 아닌데, 도대체 뭐하느라 결계에 영기 차단 부적까지. 나는 쯧 소리를 내며 수트 앞으로 팔짱을 꼈다. 그렇게까지 하면서 만나려고 하는 남자가 더 못마땅했다.

"이거 어떻게 안 되냐?"

"전 차사님이 어떻게 하실 줄 알았는데요?"

아기동자가 눈을 동그랗게 뜨고 돌아보았다.

"넌 신장이잖아. 결계 같은 거 다루지 않아?"

"전혀요. 저야 점치고 굿할 때 영기나 주고, 빙의나 하죠.

게다가 우리나라는 결계 같은 거 잘 안 쓰잖아요. 그러는 차사님은?"

"연수 때 그런 거 있다고 얘기만 들었지. 네 말대로 우리나라에서는 결계 같은 거 쓰는 일이 없으니까. 간혹 액막이 부적은 있어도, 결계는…."

내가 고개를 저었다. 액막이도 악귀에게나 효과가 있지 차사는 영향을 받지 않았다. 덕분에 나도 결계에 대해서는 모른다. 지난번 구미호 사건 때 결계에 갇힌 적이 있었지만 동방 팀장의 도움으로 벗어날 수 있었다. 하지만 구미호의 결계를 해제하는 방법은 복잡해서 배울 수 없었다. 여자아이가 어제 배워서 오늘 쓰는 것을 보면 어려운 결계는 아닌 거 같은데. 그 일본 무녀를 찾아 해제하는 방법을 물어볼까 잠시 고민했다.

"쟤는 언제부터 저러고 있었냐?"

"점심 때부터요."

"그때부터 계속 결계를 치고 있었던 거고?"

"그 전부터요. 강의실 나오면서부터 결계를 치더라고요. 저 가까이 있다가 결계에 밀려서 엄청 짜증 났거든요."

아기동자가 잔뜩 골이 난 표정으로 여자아이를 쏘아보았다. 여자아이는 자신을 쏘아보든 쳐다보든 상관하지 않고 앞에 앉은 젊은 남자만 보고 있었다.

"아니 저런 곱상한 게 뭐가 좋다고. 남자는 남자답게 생겨야지."

"그죠. 남자답게 듬직하고 믿음직스러워야 하는데. 요즘 애들은 남잔지 여잔지 죄다 곱상하고 여리여리하기만 해서영."

아기동자가 혀를 차며 맞장구를 쳤다. 그리곤 못마땅한 얼굴로 담배를 꺼내 물었다.

"차사님, 가보셔야 하지 않아요?"

아기동자가 재촉하듯 말했다. 아기동자의 말에 폰을 꺼내 시간을 보니 명부의 시간까지 40분 정도 남았다. 신입들을 만나 인솔하려면 지금 출발해야 했다.

"가봐야지. 쟤 이상한 짓 하는지 지켜봐 줘. 무슨 일 있으면 바로 연락하고."

"넵!"

아기동자가 대답했다. 돌아서려다 뭔가 생각나서 아기동자를 돌아보았다.

"혹시 집에 가면 그 일본 무녀에게 결계에 관해 물어봐. 결계 해제하는 방법하고."

"아, 그러면 되겠구나. 알겠습니다. 가면 바로 물어보도록 하죠."

아기동자가 건성으로 대꾸하는 느낌이 들었지만 시간이

없어 바로 전철역을 향해 날아갔다. 전철역에 도착하자 신입들이 기다리고 있었다. 곁으로 다가가자 알아보고는 인사를 했다.

"오셨습니까. 선배님."

"예. 오래 기다리셨어요?"

"아뇨. 저희도 금방 왔습니다."

도훈 차사가 대답했다.

"그럼 출발할까요? 이번 건은 자경 차사님 괜찮으시겠어요?"

내가 자경 차사를 돌아보며 말했다. 명부의 대상이 나이가 많은 여성분이라 자경 차사가 적합할 것 같았다.

"네. 제가 하죠."

자경 차사가 명부의 대상을 보며 고개를 끄덕였다.

"그럼 가시죠."

내 손짓에 자경 차사가 앞장서 걸었다. 도훈 차사와 민정 차사가 뒤를 따르고 나는 그 뒤에서 걸음을 옮겼다. 민정 차사가 흘깃 뒤를 돌아보더니 걸음을 늦춰 내 곁으로 다가왔다.

"선배님. 어디 다녀오셨어요?"

"응. 그냥."

"혹시 그분하고 같이 계셨어요?"

민정 차사의 눈이 호기심으로 반짝였다.

"그분이라니? 누구?"

"그분요. 강혜수님. 선배님과 커플인."

민정 차사가 그분이라고 해서 누구를 말하는 것인지 못 알아들었다. 이내 민정 차사가 얘기하는 그분이 여자아이라는 것을 알고는 피식 웃음이 나왔다.

"걔? 커플은 무슨."

"선배님하고 혜수님 커플이잖아요. 저승에서 모르는 사람이 없는 커플인데."

"커플은. 그냥 무당하고 신장 사이가 무슨."

내가 시큰둥하게 대꾸했다. 민정 차사가 그런 날 보며 생글생글 웃었다.

"선배님."

"뭐?"

"쑥스러워 그러시는 거죠?"

"뭐?"

"사실은 좋아하는데 쑥스러워서 그러시는 거잖아요. 저 다 알아요. 작년에 고백도 하시고. 한집에서 사신다면서요? 이승에서."

"아니 그런 건 또 어떻게."

"저 팬이잖아요. 선배님하고 혜수님. 쑥스러워서 그러시면 그렇다고 하셔도 돼요. 저는 두 분 응원해요. 선배님, 파이팅."

민정 차사가 내게 주먹을 쥐어 보이고는 뛰어갔다. 여자아이와 커플이 아니라고 해도 들을 생각이 없는 민정 차사였다. 내 팬이라니, 참나.

저녁에 원영의 집에 들어오니 여자아이는 수련을 하고 있었다. 시끄럽지는 않지만 사람들로 집이 북적대었다. 생각해보니 이 집에는 많은 존재들이 살고 있다. 일하는 아주머니에 며칠 전부터 같이 사는 일본 무녀까지 네 명의 사람과 저승사자인 나를 비롯해 흡혈귀인 원영과 구미호인 나코까지 사람이 아닌 존재 셋이 산다. 거기다 수시로 신장들이 왔다 갔다 했다. 영들이 꼬이는 곳도 이렇게 다양한 존재들이 모여 있지는 않다. 어쩌다 이렇게 되었는지 모르겠다. 여자아이에게 다양한 존재를 모으는 재주가 있는 것은 아닌지? 수련이 끝나가는지 주위를 맴돌던 영기들이 여자아이에게로 빨려 들어갔다. 잠시 시간이 지나고 여자아이가 긴 숨을 내쉬며 눈을 떴다.

"끝났니?"

내 말에 여자아이가 반색을 하며 쳐다보았다.

"어, 차사님. 오셨어요? 오늘은 일찍 끝나셨네요."

"오늘은 일들이 이른 시간에 있어서. 아까 낮에 잠깐 갔었는데 네가 뭔가 하고 있어서 그냥 왔어."

내 말에 여자아이가 찔리는 표정을 했다. 하지만 바로 얼굴을 바꾸었다.

"아, 그거요? 아니 아기동자가 자꾸 귀찮게 해서 잠깐 동안 못 오게 하느라고요. 잠깐. 아기동자."

여자아이는 생글거리며 내가 아니라 아기동자 때문이라고 하는 듯 손가락으로 옆을 가리켰다.

"아기동자가 시도 때도 없이 와서 뭐라고 하니까요. 저도 사생활이라는 게 있는데. 그잖아요? 프라이버시."

여자아이가 생글생글 웃으며 말했다. 여자아이는 켕기는 거나 아쉬운 게 있으면, 지금처럼 생글거리며 애교를 부렸다.

"흠. 개똥이가 그런단 말이지. 내가 얘기를 해봐야겠구나. 뭐 그런 결계야 해제하는 게 문제도 아니고. 개똥이야 어리버리해서 통하지. 힘으로 밀어붙이는 악령들에게 어설픈 결계는 통하지 않으니까 어중간하게 결계 같은 거 치지 말도록 해라."

"네."

생글거리는 여자아이의 얼굴에 아쉬운 표정이 살짝 스쳤다. 네 정도 잔머리는 아니까 쓸데없이 머리 굴리지 마라.

"내려가서 커피나 한잔하자."

거실로 내려오자 나코와 원영이 모니터 앞에서 게임을 하고 있었다. 일본에서 온 무녀는 거실 한쪽에서 명상을 하고 있었다. 여자아이와 달리 영기가 안정적이었다. 저 정도 영기가 안정되어 있는 것은 오랫동안 열심히 수련한 결과였다.

"원영아, 나 커피."

여자아이가 원영을 불렀다.

"잠깐만요. 언니. 요번 판만 끝내고요."

원영은 고개를 들지 않은 채 대답하며 게임에 열중했다. 흡혈귀와 구미호의 대결이라 그런지 게임 화면이 정신없이 빠르게 돌아갔다. 나와 여자아이가 가까이 가자 무녀가 명상에서 빠져나왔다. 무녀는 나를 보고 공손하게 인사했다.

"잠깐만."

걸음을 옮기려는 무녀를 불러세웠다. 무녀는 무슨 일인가 하고 돌아보더니 그 부름에 공손하게 다가왔다.

"이름이 사쿠라 마이였었지?"

"네. 사쿠라 마이입니다."

무녀가 내 앞에 무릎을 꿇고 앉았다. 무녀는 수련을 오래 했는지 사념을 이용한 대화도 쉽게 했다.

"편하게 앉아도 된다."

"이렇게 하는 것이 마음이 편합니다. 신경 쓰지 않으셔도 됩니다."

무녀가 공손하게 대답했다. 신경이 쓰이지만 무녀는 자세를 바꿀 생각이 없어 보였다. 흠. 여자아이가 무녀의 반만 닮아도 좋을 텐데 하는 생각이 스쳤다. 그래서 여자아이를 힐긋 쳐다보았다. 여자아이는 원영의 옆에서 게임 화면을 보면서 나와 무녀가 하는 얘기가 궁금한 듯 뒤를 흘끔거렸다.

"어릴 때부터 무녀였다고."

"네. 저희 집안은 대대로 야마나카 신령을 모시는 무녀 집안입니다. 저는 성인이 되고 나서 어머니의 뒤를 이어 무녀가 되었습니다."

"영기가 안정되었던데 수련은?"

"일족의 수장이신 야마나카 신레이님께서 지도해 주셨습니다."

"그럼 결계도?"

"네. 당주님께서 알려주셨습니다."

"쉽게 배울 수 있는 모양이지? 저 아이가 금세 배워 사용할 정도면."

내 말에 무녀가 여자아이를 돌아보았다. 여자아이는 커피를 타러 간 원영에게 이어받은 듯 게임에 열중하고 있었다.

"쉽게 익힐 수 있는 것을 알려달라고 해서. 결계의 효과는 술사의 영력에 따라 달라집니다."

"결계를 해제하는 방법은 어렵나?"

"아뇨. 해제는 이렇게."

무녀가 몇 개의 손동작을 이어 보여주었다. 생각보다 간단했다. 얼른 동작을 외웠다. 무녀와의 애기가 길어지자 여자아이는 불안한 듯 이쪽을 힐긋거렸다. 그런 여자아이의 뒷모습을 보며 회심의 미소를 지었다.

4월 6일

혜수

새들이 기분 좋은 듯 이쪽 나무에서 저쪽 나무로 날아다니며 신나게 지저귀고 있다. 그 재잘거리는 소리가 귀여웠다. 등으로 쏟아지는 따스한 햇살을 받으며 벤치에 앉아 있었다. 어제는 비가 내렸는데 오늘은 화창한 오후였다. 은우 선배는 강의와 스터디가 있어 바쁘다고 했다. 다른 애들은 강의가 있고 혼자 시간이 비었다. 어딜 가긴 시간이 어중간해서 도서관 방향으로 걸었다. 사쿠라씨에게 배운 결계 때문에 선배와 같이 있는 시간에 아기동자나 해수 차사의 방해를 받지 않아 좋았다. 단점이라면 결계를 유지하는 데 영기가 많이 소모되었다. 두어 시간 동안은 유지할 수 있지만 그 이상은 무리였다. 오늘도 좀 전까지 은우 선배와 같이 있어 결계를 치느라 영기가 많이 소모되었다. 지금 상태에 영기를 숨기는 부적을 사용하면 해수 차사나 아기동자가 나를 못 찾을 수 있을 것 같았다. 나는 가방에 넣어둔 부적 뭉치에서 원하는 부적을 찾아 영기를 불어넣었다. 사쿠라씨와 마주친 뒤로 혹시 몰라 부적들을 넣어 다니고 있다. 다만 부적의 종류가 많고 용도와 성질이 달라 영기를 불어넣지 않은 상태로 들고 다녔다. 그리곤 필요할 때만 영기를 주입했다.

걷다 보니 눈앞에 붉은 벽돌로 된 도서관 건물이 나타났다. 계단을 올라갔다. 대학 도서관에서 책을 보는 것도 나름 대학 생활의 낭만이니까.

도서관의 서가를 이리저리 돌아다니다 익숙한 뒷모습을 발견했다. 도서관 한쪽 귀퉁이, 사람들이 잘 안 다니는 서가 사이에 아기동자가 있었다. 둥근 머리에 짧은 팔다리. 신이 난 듯 연신 머리를 까닥이고 있다. 영기를 숨긴 탓에 아기동자는 나를 못 본 모양이었다. 서가 뒤에 숨어서 살며시 고개를 내밀자 아기동자는 어떤 영과 마주 앉아 있다. 뒷모습이라 표정은 안 보였다. 하지만 연신 머리를 까닥이는 모습이 무척 신이 난 모습이었다. 아기동자의 맞은편에 앉아 있는 영은 고등학생으로 보였다. 교복에 안경을 쓴 얌전한 범생이 스타일. 고등학생 영이 손으로 입을 가리고 웃는 모습이 즐거워 보였다. 물론 아기동자도 즐거운 듯 손을 휘저으며 연신 조잘조잘 떠들었다. 무슨 얘기를 하는지 궁금해서 귀를 쫑긋 세워보지만 사념으로 하는 얘기라 안 들렸다. 그때 나를 발견하고는 여고생 영이 재빨리 아기동자의 뒤로 숨었다.

여고생 영의 반응에 아기동자가 이쪽을 돌아보았다.

"뭐, 뭐야? 너 언제 왔어?"

"좀 전에. 근데 누구야?"

생글거리며 아기동자에게 다가갔다. 그 말에 아기동자가 당황한 표정이 되었다.

"무슨 사이? 혹시 여친?"

아기동자의 얼굴이 새빨갛게 달아올랐다. 당황하는 모습에 넘겨짚었는데 아기동자의 반응은 추측이 사실이라고 확인시켜 주었다.

"너, 넌 내가 보이니?"

여고생 영이 들릴락 말락 한 작은 소리로 물어보았다. 사념인데도 워낙 작게 말해 거의 들리지 않는 정도였다. 사념도 작게 얘기할 수 있구나. 하긴 해수 차사는 수업 시간에 졸 때 갑자기 소리치곤 했었지.

"보여. 난 강혜수. 무당이야. 반가워."

내가 방긋 웃으며 인사를 하자 여고생 영은 후다닥 아기동자 뒤에 숨었다. 그러는 걸 보면 낯을 많이 가리는 영이었다.

"얘는 지현이라고, 지박령이야. 여기 학생이었고. 1학년 1학기 중간고사에 한 달 동안 밤새워 공부하다가 시험 끝나고 쓰러져서 이렇게 되었대. 지현아, 여기는 강혜수. 저번에 내가 얘기한 차사님 있지. 그분 무당이야. 인사해."

아기동자의 소개에 여고생 모습의 지현은 부끄러운 듯 얼굴을 내밀고 인사를 했다. 그리곤 얼른 다시 아기동자의 뒤로 숨어버렸다.

"선배님?"

내가 지현 영을 가리키며 묻자 아기동자가 고개를 끄덕였다.

"지박령 된 지 30년 넘었다니까 선배도 한참 선배지."

"아!"

하긴 영은 나이를 먹지 않는다. 그런데 1학년 중간고사 때 죽었다는데 왜 여고생 복장을 하고 있지?

"그런데 선배님 의상이…."

"대학생 된 지 얼마 안 돼 이렇게 되어서. 교복이 편하대."

"근데 어떻게 만난 거야?"

"학교 둘러보다 만났어. 그건 그렇고 쟤나 어떻게 좀 해봐."

아기동자가 관심을 돌리려는 듯 말을 바꿨다. 무슨 일인가 하고 돌아봤더니 학생들로 북적이는 도서관의 한쪽에만 유독 사람이 없었다. 학생들이 빈자리를 보고 가서 앉았다가 황급히 일어섰다. 빈 공간의 중간에는 혜원이가 있었다. 혜원을 보자 오늘 일진이 대흉이 나온 이유를 알 수 있었다. 머리를 절레절레 흔들었다. 혜원이 뒤로 커다란 거미와 머리가 셋 달린 엄청나게 큰 검은 개가 앉아 있었다. 그리고 또 그 옆에서 흰색 수트를 입은 금발머리의 남자가 열심히 혜원에게 말을 걸고 있었다. 나도 모르게 한숨을 푹 쉬었다. 그대로 둬도 상관없지만 다른 학생들에게 피해가 될 것 같아 혜원에게 다가갔다.

"야, 잠깐만."

혜원의 어깨를 두드리고는 나오라고 귓속말했다. 혜원은 갑작스러운 나의 등장에 놀라는 것 같았지만 순순히 따라 나왔다. 노기한이 혜원을 불러내는 날 보더니 반가워했다.

"정말 네가 이렇게 반가울 수가. 내가 어제 갑자기 애한테 끌려온 뒤로 지금까지 이렇게 잡혀 있었다는 거 아냐. 어떻게 된 애가 불러놓고 날 보지도 못하지, 말해도 알아듣지도 못하고. 게다가 애네들 아라크네와 케르베로스는 금방이라도 물어뜯을 듯 노려보지. 또 뭘 어떻게 했는지 다시 돌아가려고 해도 갈 수도 없어. 애네도 잡혀 있는 것 때문에 엄청 스트레스 받았나 봐. 저 봐. 금방이라도 달려들 것 같잖아."

노기한은 쌓인 게 많았는지 날 보자마자 속사포처럼 불만을 쏟아내기 시작했다. 어제저녁부터 지금까지 잡혀 있는 데다 저런 살벌한 마물들하고 같이 있었으면 스트레스가 쌓일 만도 하겠다는 생각이 들었다.

"일단 여기서 나가요. 여기서 얘기하면 사람들이 이상하게 볼 수 있으니까 나가서요."

노기한과 혜원을 재촉해 도서관을 빠져나왔다. 어디 갈 만한 장소가 있나 점을 쳐보았다. 점괘를 따라 가까운 건물의 빈 강의실로 들어갔다. 나를 따라 혜원과 기한과 마수들이 강의실로 들어왔다. 마수들이 들어서자 강의실의 공기가 금세 서늘하게 내려앉았다. 학생들이 혜원이 근처에 앉았다가 부리나케 일어섰던 것도 아마 이런 냉기 때문이었을 것이다.

"너 어제 뭐 했냐?"

"어? 어떻게 알았어?"

혜원이 살짝 눈을 피했다.

"너, 네가 어떤 일을 벌였는지 모르지?"

혜원은 무슨 말인지 모르겠다는 표정이었다. 절로 한숨이 나왔다. 그제야 괜히 애를 자극했다는 생각이 들었다. 영기가 없어 별일 있겠나 싶었는데, 역시 혜원이는 예상을 뒤엎었다.

"일단 어떻게 된 건지 좀 듣고요. 다들 잠깐만 진정, 진정."

노기한에게 팔을 들어 올리며 사념으로 말했다. 혜원에게는 목소리로 기한 아저씨에게는 사념으로 동시에 얘기했다. 그제야 불만에 차 왔다 갔다 하던 아라크네와 케르베로스가 주의를 기울였다. 다시 혜원을 돌아보았다.

"뭐 한 거야?"

"별거 아냐. 전에 너에게 줬던 마법진 써본 거뿐인데."

"마법진? 고2 때 그거?"

"응. 그거."

혜원은 고2 때 내게 마법진을 준 적이 있었다. 그때 마법진에 내 피를 떨어뜨리자 노기한이 소환되었었다.

"아저씨는 마법진 전문인가 봐요. 저번에도 그러더니 이번에도 또 끌려오시고."

"그러게. 난 신장인데. 걸리려는 광주는 안 걸리고 엉뚱한 마법진에나 끌려오고 말이야."

노기한이 투덜거렸다. 잔뜩 불만인 표정이었다.

"너 누구한테 얘기하는 거야?"

혜원이 의아한 표정으로 물어봤다. 방금 내가 하는 말은 자신에게 하는 말이 아닌 것을 알았다. 그런데 강의실에는 나와 둘만 있다. 그럼 누구? 하는 표정으로 혜원이 주위를 둘러보았다.

"기한 아저씨, 왜 전에 말한 적 있잖아. 흰 수트에 금발. 나 영기 수련하는 거 가르쳐줬던."

"아! 지금 여기 있어?"

"있어. 네 옆에. 그것 말고도 더."

"뭐?"

혜원은 신이 나서 주위를 두리번거렸다. 그런다고 보일 리 없지만.

"몇 번 썼어?"

"뭐? 마법진?"

"응."

"한 번."

혜원이 뻔뻔한 얼굴로 거짓말을 했다. 소환된 게 셋인데 한 번 썼다고?

"거짓말하지 마. 다 보여."

"그럼 두, 아니 세 번."

두 번이라고 말하려다가 내가 주먹을 치켜들자 혜원은 얼른 세 번으로 정정했다. 옆에 있는 노기한이 세 번이 맞다고 고개를 끄덕였다.

"어떻게 하죠? 얘 지금 신열도 없고, 영기가 없어서 내림굿도 안 될 텐데. 거기다 보고 듣지도 못하고, 얘한테 묶여서 다시 돌아가지도 못한다면서요?"

"그러니까. 끌려오면 뭔가 관계가 정해져야 다시 돌아가든지 할 텐데. 이래서는 언제나 해결될지도 모르고."

노기한이 난처한 표정을 지으며 손을 늘어뜨렸다. 내가 그 말을 전해주자 혜원이 실망한 표정을 지었다.

"뭔가 방법 없을까요?"

"굿이 안 되면 계약하는 건 어떨까?"

"계약요?"

"이쪽에서는 거의 안 쓰지만 서양 쪽에서는 소환해서 계약

한다고 하더라고. 그거 해보면 어떨까?"

노기한이 턱을 만지며 말했다. 판타지 소설에나 나올 것
같은 얘기지만, 악령과 싸우고, 뱀파이어랑 구미호와 같이
살고, 눈앞에는 마법진으로 소환된 존재들이 있는 상황이었
다. 계약으로 해결된다면 그렇게라도 해야 할 상황이었다.
계약이라는 말에 혜원은 눈을 반짝이며 바짝 다가섰다.

"계약 어떻게 하면 돼요?"

"일단 마법 쪽을 써야겠지? 계약의 마법진에 양쪽이 같이
주문을 외우면 될 거야. 이쪽에서는 그런 건 안 배워서 어디
보자."

노기한이 폰을 꺼내 검색했다. 한참을 뒤적거리더니 뭘 찾
았는지 폰에서 마법진 하나를 띄워 내게 보여주었다.

"이걸 바닥에 먼저 그려야 돼."

"야, 책상들 치워."

혜원과 함께 강의실의 책상을 한쪽으로 치우기 시작했다.

"하기 전에 영기 못 나가게. 너 부적 있지? 저기하고 저기,
저기에 붙여."

노기한이 내게 지시했다. 가방에서 영기 차단 부적을 꺼내
기한 아저씨가 얘기한 위치에 붙이고 영기를 불어넣었다.

"여기서부터 그려야 해. 쟤도 이쪽으로 오라고 해."

노기한이 강의실 빈 공간의 바닥에 마법진을 크게 표시

했다.

"너 여기 서 있어."

혜원의 손을 잡아끌었다. 혜원이 자리를 잡자 나는 강의실 칠판에서 분필을 가져와 기한 아저씨가 표시한 마법진을 그대로 그렸다. 그러자 혜원은 신이 난 얼굴로 내가 바닥에 마법진을 그리는 모습을 폰으로 찍기 시작했다. 마법진을 그리는 동안 노기한이 아라크네와 케르베로스를 데려왔다.

"다 그렸어요. 다음은 어떻게?"

"넌 거기서 뒤로 더 물러나 있어. 너희는 잠깐 이쪽으로. 그래그래. 이렇게, 좀 더 작게, 여기 들어가야 하니까 좀 더, 좀 더. 그래그래. 됐으니까, 이쪽으로, 이리."

나는 노기한의 말을 따라 마법진에서 물러섰다. 노기한은 아라크네와 케르베로스가 마법진에 들어올 수 있도록 크기를 줄이고 제자리에 세우느라 용을 쓰고 있다. 신경이 곤두선 마수들을 달래느라 고생이 이만저만이 아니었다. 이걸 모르는 혜원은 심심한 듯 주변을 두리번거리고 있다. 한참 후에 기한 아저씨가 아라크네와 케르베로스를 제자리에 세웠다.

"됐다. 이제 주문인데, 둘이 같이 해야 하는데 어떻게 하지?"

"알려주세요. 제가 써주면 되죠."

"아 맞다. 그렇게 해."

노기한이 허공에 주문을 표시했다.

"잠깐만. 이거 같이 주문 외워야 한대."

혜원은 주문이라는 말에 신나 했다. 기한 아저씨가 띄운 주문을 폰으로 작성해서 혜원에게 날려 주었다. 혜원은 내가 전해 준 주문을 보며 좋아했다. 노기한은 마수들을 옆에 세우고는 혜원과 마주 섰다. 노기한과 혜원 사이에 주문인 것으로 보이는 룬 문자들이 허공에 떠오르기 시작했다.

"시작하라고 해. 얘가 시작하면 내가 따라 할게."

"시작하래."

"나 촬영 좀."

혜원의 부탁에 내가 폰으로 동영상 촬영을 시작했다. 혜원은 머리를 뒤로 넘기고는 손을 앞으로 뻗었다. 혜원의 위치가 마법진의 중심에서 옆으로 벗어난 곳이라 맞은편으로 손을 뻗은 모양이었다. 실제 혜원은 노기한을 향해 손을 뻗은 것이었다. 혜원은 손을 뻗은 채 눈을 감고 나지막한 목소리로 주문을 외우기 시작했다. 머리가 좋아 그사이 주문을 다 외운 모양이었다. 마치 마녀가 주문을 읊는 듯한 낮은 목소리였다. 혜원은 내게 주문을 받은 순간부터 어떻게 외울지 생각했을 듯싶었다. 좀 전에 주문을 보면서 뭔가 중얼거리더니 저걸 연습한 거였다. 혜원이가 시작하자 노기한도 같이 주문을 외우기 시작했다. 주문을 외우자 둘 사이에 떠 있던 룬 문자들이 차례로 빛나기 시작했다. 강의실 바닥의 마법진도 빛이 났다. 하지만 폰의 영상에는 앞으로 손을 뻗은 혜원과 분필로 그린 마법진만 보였다. 주문을 외우면서 마법진의 빛이 점점 더 강해졌다. 마침내 주문이 끝나고 마법진의 빛이 혜원과 기한을 감싸며 마수들에게로 빨려 들어갔다. 빛이 빨려 들어가자 혜원이 비틀거렸다. 하지만 이내 정신을 차리고는 고개를 들며 놀라는 표정을 지었다.

"대박!"

혜원은 자신의 앞에 있는 존재들을 보고는 신나 했다. 엄청난 크기에 무시무시한 기운을 뿜고 있는 아라크네와 케르베로스를 보고 좋아할 수 있는 사람은 혜원이뿐일 듯싶었다.

"이제 내가 보여?"

"네. 어. 기한님?"

"아니 기한 아니고 제럴드."

노기한은 말하다 말고 갑자기 옆으로 돌아서서 한 손으로 머리를 짚고 포즈를 취했다.

"나를 부른 것이 그대인가. 내 이름은 제럴드. 너그러운 신 제럴드라고 한다."

"혜수 네가 얘기했던 게 이런 느낌이었구나."

혜원이 기한 아저씨의 행동을 보고는 싱긋 웃으며 날 쳐다보았다. 한껏 신이 난 표정이었다. 그런 혜원에게 고개를 끄덕였다. 기한 아저씨의 행동은 언제나 그렇듯 느끼했다.

"뭐야 김빠지게. 너 스포한 거야?"

열렬한 반응을 기대했던 기한 아저씨가 내게 투덜거렸다.

"얘 혜원이요. 아저씨한테 소개해 주려고 했었는데 기가 세서 안 된다고 했던, 걔가 얘예요. 혜원이."

"아, 그 혜원이."

내 말에 노기한이 혜원을 찬찬히 훑어보았다.

"아, 일단은 얘네들부터 돌려보내자. 더 있다간 얘들 열받아 나 뜯어먹으려 할지 몰라."

"그냥 두면 안 돼요?"

혜원이 말했다. 계약이 끝나자 마수들은 다시 커진 상태였다.

"안 돼. 얘들 여기 있으려면 영기 보충해야 하는데 너는 영기가 없어. 얘들 어제부터 굶은 상태야. 좀 있으면 나랑 너 물어뜯을 거 같아. 빨리 보내야 해. 가라고 해."

"아씨. 좀 더 있고 싶은데. 할 수 없지. 돌아가."

혜원이 아쉬운 표정으로 마수들에게 가라고 명령했다. 혜원의 말이 떨어지자마자 마수들은 연기처럼 사라져 버렸다. 마수들이 사라지자 서늘하게 내려앉았던 공기가 따뜻하게 바뀌었다. 모두 해결되자 나도 모르게 안도의 한숨을 내쉬었다. 설마 했지만 혜원은 정말 마수들을 소환해 버렸다. 혜원은 영을 보게 된 것이 신기한지 손으로 기한 아저씨를 휘저었다. 그런 혜원을 피해 기한이 도망을 갔다. 앞으로 얘한테는 무슨 말을 하지 말아야지. 아니 마수랑 기한 아저씨를 소환했는데 더 할 게 있을까. 아, 모르겠다. 아니 그래도 절대 장담해서는 안 된다. 장혜원이니까.

4월 7일

해수

아침의 투명한 햇살이 너울거리고 있다. 새들이 이 나무에서 저 나무 위로 날아다니며 재재거리고 있다. 신선한 공기를 타고 새소리가 싱그럽게 들렸다. 창 앞에 서서 뒷짐을 진 채 정원을 보다가 1층 거실로 향했다. 층계참에서 여자아이의 친구와 마주쳤다. 아침 운동을 하고 오는 모양인지 운동복 차림이었다. 나를 보자 얼굴 한가득 웃음을 짓고 인사했다.

"안녕하세요. 차사님."

"그래. 안녕."

인사를 하고는 지나치려다 무심코 멈춰 섰다. 여자아이의 친구를 다시 돌아보았다.

"내가 보여?"

"네. 보여요. 어제부터 그렇게 됐어요."

여자아이의 친구는 기분이 좋은 듯 환하게 웃었다.

"오랜만에 차사님 모습 보니까 좋네요. 저 운동하고 와서

가볼게요."

친구는 한쪽 눈을 찡긋해 보이고는 계단을 뛰어 올라갔다. 거실로 가자 원영과 수다를 떨던 기한이 나를 보고는 재빨리 일어나 인사했다.

"안녕하십니까. 차사님."

"오랜만이야. 어쩐 일로?"

기한은 나와 오래간만에 마주쳐서 긴장했는지 선뜻 답을 하지 못했다. 흰색 수트 차림으로 엉거주춤 선 채 어떻게 설명해야 할지 난처한 표정이었다. 그런 기한을 보더니 원영이 생긋 웃으며 대신 설명했다.

"제럴드씨 혜원 언니한테 끌려왔대요. 어제 언니랑 계약했대요."

"계약? 혜원이?"

머리를 갸웃하면서 손가락으로 뒤를 가리켰다. 좀 전에 마주친 여자아이의 친구를 가리키는 듯했다. 원영은 내가 뭘 말하려고 하는지 알아챈 듯 고개를 끄덕였다.

"전에 혜수 언니가 마법진으로 제럴드씨 소환했었잖아요. 그제 혜원 언니가 같은 마법진으로 제럴드씨를 소환했나 봐요. 그런데 혜원 언니는 영기가 없어 소환하고도 소환한 줄 모르고 있었는데, 혜수 언니가 제럴드씨 소환된 거 보고 같이 의논해서 계약했대요."

원영이 깔끔하게 정리해 주었다.

"네, 그렇게 된 겁니다."

기한은 원영의 설명에 안도의 숨을 내쉬며 고개를 주억거렸다.

"계약했으면 이제 정착한 거냐?"

"그렇죠, 뭐. 신장은 아니지만 혜원이와 계약했으니 정착한 거죠."

"너도 참 고생이 많다."

기한은 여자아이에게 두 번을 끌려오고 여자아이의 친구에게까지 끌려왔다. 그나마 이번에는 혜원이라는 여자아이의 친구와 계약이라도 했으니 다행이었다.

"계약이면 어떻게 신장은 못 하는 건가?"

"내림굿이 아니니까 무당같이 점이나 굿은 안 되는데, 서양에서 들어온 타로나 수정구슬 같은 것들은 할 수 있나 봐요. 그쪽에서는 원래 영이나 정령하고 계약했으니까요."

기한이 말했다.

"서양 방식이니까 그럴 수 있겠네. 그럼 앞으론 여기 같이 있는 거야?"

"계약이라서 그래야 할 것 같습니다. 그래서 지금 레이디 블러드와 그 얘기를 하던 중이었습니다."

기한이 금발 머리를 휘날리며 원영을 보고 느끼한 미소를 날렸다. 원영은 그 눈길이 쑥스러운 듯 고개를 옆으로 돌렸다.

"앞으로 자주 보겠네. 얘기들 해."

둘에게 방해가 되지 않으려고 식당으로 걸음을 옮겼다. 그러고 보니 혜원이라는 여자아이의 친구는 영적인 것에 관심이 많다고 했다. 악령에게 당했을 때 나를 한 번 볼 수 있게 해준 적이 있었는데 그때 이후로 더 관심이 많아진 모양이었다. 또한 여자아이가 기한에게 수련을 받을 때도 관심 있어 했다. 내림굿도 받고 싶어 했고, 사쿠라라는 무녀가 왔을 때 무녀가 되는 방법을 묻기도 했었다. 그렇게 영적인 존재를 보고 싶어 하던 혜원이었으니 기한을 소환하고 계약을 맺은 것은 소원성취한 것이었다. 아침부터 신이 나 있던 이유가 이해가 되었다.

"나 왔어."

문규가 커다랗게 소리를 내며 현관으로 들어왔다. 그런 문규를 보고 원영과 기한이 인사를 했다.

"아침부터 웬일이냐?"

"그냥. 너희 잘 지내나 궁금해서."

그때 여자아이가 거실로 내려왔다. 문규를 보더니 인사를 했다.

"차사님 오셨어요?"

"굿모닝."

문규는 여자아이에게 손까지 흔들며 밝게 인사했다. 문규의 인사에 여자아이가 활짝 웃어 보였다.

"평소하고 같네."

"그럼, 평소랑 같지. 다를 줄 알았냐?"

"다를 줄 알았지."

"무슨 소리야?"

"아니, SNS에서 너희 헤어진 거 아니냐는 얘기가 돌아다녀서."

"헤어지기는 무슨. 사귀는 사이도 아닌데."

내가 별 시시한 소리를 다 한다 싶어 시큰둥하게 대꾸했다.

"이보세요. 정해수씨. 당신은 저승 공인 NO.1 커플이세요. 저기 있는 강혜수씨랑요. 그러니 본인 신분에 대해 자각 좀 하세요."

"그래, 그래. 알았으니까 그만 좀. 그런데 헤어졌다는 건 또 뭐야?"

내가 묻자 문규가 잽싸게 폰을 꺼내더니 SNS의 사진들을 띄워 보여주었다. 민정 차사와 같이 찍은 사진과 여자아이가 젊은 남자와 같이 걷는 모습을 찍은 사진이었다.

"며칠 전부터 네가 다른 여자랑 찍은 사진과 혜수가 다른 남자랑 찍은 사진이 돌아다니더라고. 그런 사진들이 돌아다니니까 너희들 헤어진 거 아니냐 하는 얘기도 같이 도는 거지.”

“참, 나. 별일도 아닌 것 가지고. 이건 신입이잖아. 팀 신입이랑 찍은 사진이 뭐가 그렇게 대단하다고.”

“너 프사도 바뀌었지?”

문규가 폰을 흔들며 물었다.

“그건 또 왜?”

문규가 그 물음에 히죽 웃었다.

“너 바꾼 프사 여자가 찍어준 거 같다고 난리야.”

“하, 사람들 참. 왜 그렇게 남의 일에 관심이 많은지. 프사나 SNS 사진같이 별일 아닌 것 가지고 말이야.”

“너는 별일 아니지. 사진마다 조회수는 별일이 되고도 남지만.”

문규의 말에 조회수를 들여다보았다. 둘 다 조회수가 억 단위를 넘어섰다. 그제야 폰으로 SNS에 들어가 봤더니 팔로우 신청이 쌓여 있었다. 프사 바꾸고 팔로우 요청이 오자 귀찮아서 알람을 차단했었다. 그랬더니 그사이 들어온 팔로우 요청이 수억 건이었다. 그때 전화벨이 울리기 시작했다.

“여보세요.”

“여보세요? 선배님?”

“어, 민정 차사. 난데 왜?”

“선배님, 저 좀 살려주세요. 선배님, 지금 어디세요?”

민정 차사의 목소리가 누군가에게 쫓기듯 헐떡거렸다.

"나, 집."

"거기 위치 좀 보내주세요. 지금 갈게요."

"위치야 상관없지만. 지금 왜?"

"급해요. 가서 말씀드릴게요."

민정 차사가 급하게 전화를 끊었다. 무슨 일이 생긴 걸까? 목소리가 무척 다급했다. 얼른 현재 위치를 찍어 전송했다.

"누구? 민정 차사?"

"응. 신입."

"본인이 등판하는군."

문규가 재미있다는 듯 손을 비비며 웃었다.

"본인? 등판? 무슨 소리야?"

"민정 차사가 너와 같이 찍은 사진을 SNS에 올렸잖아?"

"그래. 그게 뭐?"

그러고 보니 멘토를 맡은 첫날 민정 차사가 같이 찍은 사진을 SNS에 올렸다. 프사도 그날 바꾸었다.

"너희 헤어졌다는 소리 나오니까, 너희 팬들이 민정 차사 때문이라고 민정 차사 SNS에 가서 난리를 피운 거지. 봐."

문규가 폰으로 민정 차사의 SNS를 보여주었다. 댓글 수가 10만 개 이상이었다. 댓글 대부분은 나에게 꼬리 치지 말라 등 정해수 커플을 방해하지 말라는 내용이었다. 욕설은 쓸

수 없지만 상당히 센 표현들이 많았다. 댓글 몇 개만 봤는데 민정 차사가 살려달라고 했던 심정이 이해되었다. 그때 숨을 헐떡이면서 민정 차사가 집으로 들어섰다.

"선배님. 아, 선배님도 계셨네요."

민정 차사는 나를 보고 반갑게 인사하고 문규에게도 깍듯이 인사를 했다.

"선배님, 혜수님 어디 계세요?"

"혜수? 걔 저기."

내가 손으로 방향을 가리켰다. 여자아이는 아침 식사가 준비되기를 기다리면서 TV를 보고 있다. 주방에서 맛있는 냄새가 풍겨 나왔다.

"선배님 잠깐만요."

민정 차사가 나를 끌고는 여자아이에게로 갔다. 그리곤 나를 여자아이의 옆에 앉혔다.

"안녕하세요. 강혜수님? 저는 이번에 혜수 차사님과 같은 팀이 된 김민정이라고 해요. 반가워요."

"아, 네. 민정 차사님. 반갑습니다."

여자아이는 갑작스러운 민정 차사의 등장에 조금 당황한 듯했다. 하지만 곧바로 인사를 했다. 민정 차사는 생글거리며 나와 여자아이의 손을 잡아끌었다.

"제가 두 분 사진 한 장 찍어도 될까요? 두 분 같이 계신 모습요.”

“뭐, 그래.”

“그러세요.”

여자아이도 선선히 승낙했다. 이게 대체 무슨 상황인지 알 수 없지만 나와 같은 팀이라는 말에 부탁을 들어주는 모양이었다. 나 또한 민정 차사의 요청이 갑작스럽지만 사진 한 장 찍는 게 대수로운 일이 아니라서 수락했다. 그런데 막상 사진을 찍으라고는 했지만 여자아이와 둘이 같이 찍으려니 쑥스러웠다. 엉거주춤 서 있는데 민정 차사가 이쪽을 쳐다보았다.

“저기 두 분 그렇게 찍으실 거예요?”

민정 차사가 사진을 찍으려고 들었던 폰을 내리며 말했다.

“이렇게 아니면 어떻게?”

내 대답에 민정 차사가 머리가 아픈 듯 손으로 이마를 짚었다. 그리곤 고개를 들어 폰을 허공에 띄워 두고는 우리를 향해 손짓했다.

“두 분 조금만 더 붙어주세요. 조금 더. 더, 더, 더. 네. 거기서 혜수님은 차사님 쪽으로 조금만 돌아 앉아주세요. 조금만, 더 살짝. 선배님. 선배님은 고개 돌려 혜수님 봐주세요. 완전히 돌리지는 말고 조금 더, 조금. 네, 지금 좋아요.”

민정 차사는 우리가 자세를 잡자 사진을 찍기 시작했다. 한 장이라고 하더니 위치를 옮겨 다니며 수십 장을 찍었다.

"네가 찍는 모습도 올리면 좋을 거 같은데. 내가 찍어줄게."

문규는 민정 차사가 나와 여자아이를 촬영하는 모습을 보며 폰을 들어 보였다. 그러자 민정 차사가 바로 반색했다.

"오, 선배님. 굿 아이디어. 부탁드릴게요. 두 분 이번에는 저쪽 소파로 가보실게요. 혜수님이 왼쪽, 선배님은 오른쪽. 혜수님 더 붙어보세요. 더, 더. 거기서 머리를 살짝 기대보실게요. 네. 그렇게. 선배님 표정. 웃으세요. 자연스럽게. 네. 조금더 조금."

정신을 차려보니 나와 여자아이는 민정 차사가 시키는 대로 여기저기에서 사진을 찍고 있었다. 어느새 문규까지 끼어들어 다양한 포즈를 잡게 만들었다. 한참을 시달리고서야 겨우 민정 차사와 문규에게서 풀려날 수 있었다. 민정 차사와 문규는 찍은 사진들 중에서 SNS에 올릴 사진들을 고르느라 정신이 없었다.

"선배님, 폰 잠깐만요."

민정 차사가 내게서 폰을 받아 갔다. 그리곤 고른 사진을 내 SNS에 업로드했다. 민정 차사는 문규가 찍은 사진들에서도 몇 장을 골라 자신의 SNS에 업로드했다.

"휴, 살았다."

몇 분이 흐르고 민정 차사는 댓글을 보더니 안도의 한숨을 쉬었다. 좀 전보다 표정이 밝아져 있었다.

"저, 무슨 일?"

여자아이가 호기심이 가득한 얼굴로 민정 차사에게 물었다.

"그게. 내가 선배님이랑 같이 찍은 사진을 SNS에 올렸더니 부정적인 댓글이 엄청 달려서. 내가 선배님 커플 깨지게 만들었다고. 봐봐."

민정 차사는 부정적인 댓글들이 떠오르는지 울 것 같은 표정을 지었다. 그리곤 댓글을 찾아 여자아이에게 보여주었다. 여자아이는 민정 차사가 보여준 댓글들을 보고는 놀랐다.

"그래서 내가 두 사람 사진 찍어 올린 거야. 그러니까 반응이 덜해졌어."

민정 차사는 좀 전에 올라온 댓글을 띄워 여자아이에게 보여주었다. 여자아이는 댓글을 보고 신기하다는 반응이었다. 이승만 SNS로 인해 시끄러운 줄 알았는데 저승 역시 그렇다는 게 신기하다는 얼굴이었다. 그때 혜원이라는 여자아이의 친구가 들어왔다. 혜원이라는 친구는 여자아이와 얘기하고 있는 민정 차사를 보고 신기해하며 다가갔다.

"무슨 일이야. 이분은 누구?"

"어, 여기는 민정 차사님. 차사님 후배. 여긴 제 친구 혜원이요."

"어, 만나서 반가워."

민정 차사가 말했다.

"네. 반갑습니다. 그런데 무슨 일이야?"

혜원의 눈이 다시 여자아이를 보았다.

"전에 아기동자가 저승에서도 SNS 한다고 했었는데 진짠 가 봐. 봐봐."

여자아이의 말에 혜원은 민정 차사의 폰을 들여다보았다. 그러면서 역시 민정 차사의 SNS를 신기해했다. 민정 차사가 보여주는 사진들과 댓글들을 여자아이와 친구가 정신없이 보고 있었다.

"사진 잘 나왔다. 차사님 사진 잘 찍으시네요."

"내가 좀 하지. 너희 둘도 찍어줄까? 이리 와봐."

민정 차사가 여자아이와 친구를 향해 손짓했다. 여자아이 들은 민정 차사가 사진을 찍게 포즈를 잡았다. 여자아이는 나와 찍을 때는 뻣뻣했는데 지금은 자연스러웠다. 친구라 그 런가. 민정 차사가 찍은 사진을 셋이 들여다보고 있다.

"오, 사진 잘 찍으시네요."

"너희가 예쁘니까 그렇지."

"그런데 이 사진 공유해 주실 수 있어요?"

"미안, 이 폰이 저승 것들끼리만 되는 거라서."

민정 차사가 미안한 표정으로 대답했다. 여자아이가 아쉬 워했다.

"아까 차사님하고 찍은 사진 좀 보여주세요."

여자아이의 요청에 민정 차사가 사진들을 보여주었다. 여자아이는 민정 차사가 보여주는 사진들을 볼 수만 있다. 폰을 만질 수도 사진을 공유할 수도 없다. 여자아이는 잘 나온 사진에 좋아하면서도 아쉬워했다.

"사진 달라고 안 해?"

문규가 옆구리를 팔꿈치로 찔렀다.

"SNS 올린 것들은 있잖아. 나머지는 이따가."

"난 달라고 해야지."

문규가 신이 나서 민정 차사에게 달려갔다. 그 모습을 보며 나중에 민정 차사에게 사진들이나 공유해 달라고 해야겠다고 생각했다.

"이 정도면 충분할 줄 알았는데 아닌가 봐요. 더 큰 집으로 했어야 했나 봐요."

마침 옆에 있던 원영이 탄식하는 투로 말했다. 정말 그 말처럼 여자아이와 혜원이, 문규, 민정 차사까지 거실이 북적였다. 나와 원영은 한쪽에 서 있고, 나코와 무녀는 아직 내려오지도 않은 상황이었다. 아, 여자아이의 친구 혜원과 계약한 기한도 있었다.

"그러게. 언제 이렇게 된 건지."

"혜수 언니가 사람 모으는 능력이 있나 봐요. 며칠 사이 배로 늘었네요."

"당분간 더 늘지는 않겠지?"

"아마도요."

"네가 고생이 많다."

"아뇨. 전 괜찮아요. 성에 있을 때는 100명도 넘게 같이 살았었는데요. 언니들. 식사해야죠."

원영은 내게 생긋 웃어 보이고는 여자아이들을 부르기 시작했다. 식사 소리에 여자아이들이 바로 반응했다. 우르르 일어나 식당으로 향했다.

"차사님도 커피 하셔야죠. 가시죠."

"그래. 가자."

원영과 같이 식당으로 걸음을 옮겼다. 거실에 남은 문규와 민정 차사는 SNS 반응을 보는지 폰에 집중하고 있었다. 어느새 둘 옆으로 기한이 끼어들었다. 그 모습을 보며 나도 모르게 고개를 저었다.

4월 8일

혜우

    캠퍼스를 거니는데 봄바람이 살랑살랑 옷자락을 들췄다. 한동안 바깥 공기를 쐬다가 도서관으로 발길을 돌렸다. 한가한 시간을 보내기 좋은 곳은 단연 도서관이다. 경쾌하게 계단을 올라갔다. 차사님은 일이 있어서 가셨다. 도서관에는 아기동자가 있겠지만 요즘은 지현이랑 노느라 날 귀찮게 안 할 것 같았다. 사람들이 없는 곳에 자리를 잡았다. 그런데 아까부터 아기동자가 자꾸 신경 쓰이게 했다. 오늘은 웬일인지 지현에게 가지 않고 내 주변에서 서성거리고 있다. 평소에는 차사님이 계셔도 한 바퀴 돌아본다고 가서는 오지 않았다. 그런 아기동자가 오늘따라 차사님이 안 계시는데도 붙어 있는 게 수상했다.

    아기동자는 아까부터 계속해서 폰만 들여다보고 있다. 뭔가 마음에 안 드는지 불만 가득한 표정으로 담배를 피워댔다. 사람이면 금연 구역이라고 뭐라고 하겠지만 영이라 아기동자가 피우는 담배 연기는 사람들에게 영향이 없었다. 아기동자는 뭔가 할 말이 있는 듯한 눈으로 날 힐끔거렸다. 오늘은 음대 음악회에서 유리의 무대가 있는데 대흉이 나왔다. 안 그래도 기분이 찝찝한데 아기동자까지 신경 쓰이게 했다. 신경을 안 쓰려고 해도 앞에서 계속 왔다 갔다 해서 안 쓸 수가 없었다.

"무슨 일 있어?"

내 말에 아기동자가 힐끗 돌아보았다. 하지만 이내 고개를 돌렸다.

"아냐. 별일 없어."

그런데 말과 달리 연신 폰을 뒤적거리며 왔다 갔다 했다. 그리곤 뭐라고 혼잣말로 중얼거렸다. 나는 계속 신경 쓰이게 하는 아기동자 때문에 폭발하고 말았다.

"아, 신경 쓰여 죽겠네. 도대체 뭔데? 무슨 일인데?"

그나마 아기동자와 대화하는 게 사념이라 다행이었다. 아니었으면 도서관에서 소리를 지를 뻔했다. 내 서슬에 아기동자가 움찔했다.

"아니. 딴 게 아니라 구독자 수가 자꾸 줄어서. 봐봐."

아기동자가 자기의 SNS를 보여주었다. 구독자 수가 1,000만이 넘었다.

"오늘만 100만이 빠졌어. 지금까지 이런 적이 없었단 말야.

왜 이렇지? 저번에 업로드한 지도 얼마 안 되었는데? 지난 사진 때문에 그러나?"

아기동자가 식식거리며 SNS 화면을 넘겼다. 폰 화면을 훔쳐보니 은우 선배와 내가 카페에서 차 마시는 모습이 있었다. 어제 민정 차사님이 말했던 오해의 원인들이 차사님과 내가 각각 다른 이성과 같이 있는 사진들 때문이라고 했다. 차사님이 민정 차사님과 같이 찍은 사진은 민정 차사님이 올린 것이었고, 내가 다른 남자와 같이 있는 사진을 올린 것은 아기동자였다. 소문의 원인이 아기동자였다는 걸 알고 나니 놀려주고 싶은 마음이 들었다.

"그거, 차사님 SNS에 들어가 봐."

"차사님 SNS? 거긴 왜? 차사님 업로드 안 하잖아."

아기동자가 툴툴거리며 차사님의 SNS로 들어갔다. 그리곤 화면을 보고는 놀라 눈이 부릅떠졌다. 사람이었으면 정말 눈알이 튀어나오고도 남을 정도였다.

"아니, 이거, 저, 이거."

아기동자는 충격에 말을 더듬으며 버벅거렸다.

"어제 사진 올리셨더라고. 이번에 새로 온 신입 민정 차사님이 찍어주셨어. 문규 차사님하고 같이 고르셨어."

아기동자는 내 말에 충격을 받은 듯 말도 못 하고 입만 벙긋거렸다. 사념이라 목소리와 상관없지만 충격이 심한지 말을 잇지 못했다. 그리곤 마음을 가라앉히려는 듯 가슴에 손을 얹고 심호흡했다.

"아니 차사님은 이런 일을 어떻게 한마디 말도 없이."

아기동자가 허탈한 얼굴로 차사님의 SNS를 뒤적거렸다.

"너도 알았으면 얘기라도 해주지."

"어떻게? 너하고 연락 안 되잖아."

내가 폰을 톡톡 두드리며 말했다.

"아니, 연락은 그렇다고 해. 어제 알았으면 내가 올리고 있는 건데 그래도 나한테 얘기는 해줘야 하지 않냐고. 얘기는 해줘야 할 거잖아."

아기동자가 화가 난 모습으로 방방 뛰었다.

"내가? 어떻게? 신장이 하는 일인데? 차사님들이 하시는 일인데 내가 뭐라고 얘기를 해?"

아기동자를 향해 머리를 저었다. 도서관이라 책을 내려다보며 사념으로 얘기하고 있었다. 하지만 당황하는 아기동자의 모습에 터져 나오는 웃음을 참느라 고개를 숙이고 있었다. 그동안 아기동자는 몰래 찍은 차사님과 내 사진을 SNS에 올렸다고 했다. 그 사진들 때문에 해수 차사님과 나는 저승에서 유명 커플이 되었고, 아기동자는 유명 인플루언서가 되었다고 했다. 그런데 어제 해수 차사의 SNS에 몰래 찍은 사진이 아니라 민정 차사가 시킨 대로 포즈를 잡은 사진이 올라갔으니 사람들의 관심이 아기동자의 SNS에서 해수 차사의 SNS로 옮겨 간 것이었다. 덕분에 아기동자의 SNS는 구독자가 급감한 모양이었다. 아기동자는 불만에 가득 찬 표정으로 폰을 뚫어져라 노려보고 있다.

"네가 차사님한테 얘기해 봐. 갑자기 사진 올리시면 어떡하냐고."

"내가 어떻게 얘기해. 해수 차사님이랑 문규 차사님은 차사님에 그것도 700년이 넘은 왕고참들이시잖아."

아기동자가 인상을 쓰며 투덜거렸다.

"그럼 민정 차사님한테 얘기해 보든지."

"아무리 신입이라도 차사님이잖아. 우리랑은 급이 다르다고. 아, 어떡하나. 지현이한테 인플루언서라고 자랑해 놨는데. 지현이 폰도 장만해 줬는데. 아, 나 완전히 돌아버리겠네. 아니 차사님은 왜 갑자기 사진을 올리셔 가지고."

아기동자는 짧은 팔다리를 흔들며 팔짝팔짝 뛰었다. 무척 흥분한 모습이었다. 어쩔 줄 몰라 하는 그 모습에 웃음이 터질 것 같았다. 그때 도서관으로 혜원과 노기한이 들어오는 게 보였다. 순간 머리에 번쩍 하고 아이디어가 떠올랐다. 이번 기회에 아기동자의 관심에서 벗어나 보고 싶었다.

"이렇게 된 거 타깃을 바꿔보든지. 쟤들로."

내 말에 아기동자가 혜원과 기한을 돌아보았다.

"쟤들? 쟤들 왜?"

"혜원이랑 기한 아저씨 계약했잖아."

"뭐? 계약?"

아기동자가 내 말에 흥미를 보였다.

"쟤는 영기가 하나도 없는데 어떻게. 기한이 쟤도 만년 후 보였는데."

아기동자가 짧은 팔로 턱을 받치며 머리를 갸웃했다.

"아저씨가 마법진에 소환되었대. 어떡할지 몰라 헤매다 계약하고 정리됐어. 괜찮지 않아?"

"흠."

그제야 아기동자는 혜원과 노기한을 꼼꼼히 살펴보기 시작했다. SNS 대상으로 어떨지 열심히 머리를 굴리는 모양이었다. 그때 나를 보고 혜원이가 다가왔다. 노기한도 내게 알은척을 하려다가 아기동자에게 바로 끌려 나갔다. 어쨌든 이번 일로 아기동자가 몰래 사진 찍으려고 쫓아다니는 일은 줄어들 것 같았다.

밤이 되자 가로등에 불이 켜졌다. 적갈색 건물 옆으로 줄지어 서 있는 가로등도 은은하게 불을 밝혔다. 대강당 앞에 고급 승용차가 멈췄다. 차에서 원영과 사쿠라씨가 내렸다. 그리곤 기다리고 있는 우리 일행들에게 다가왔다. 원영의 비주얼에 주변 사람들의 눈길이 쏠렸다. 음악회 시간이 밤이라 원영도 참석했다. 노기한과 해수 차사는 영이라 음악회는 관심이 없는지 일이 있다며 빠졌다. 아기동자는 노기한과 얘기가 잘 되었는지 다시 기분이 좋아진 모습이었다. 우리 일행들 옆에 있다가 나코가 오자 놀러 간다며 잽싸게 사라졌다.

"왔어?"

"응, 언니. 음악회 오랜만이다."

원영은 즐거운 표정이었다. 사쿠라씨도 평상복 차림이었다. 하지만 무녀가 몸에 뱄는지 주변을 살폈다.

"들어가자."

"네."

원영과 사쿠라씨가 나를 따라 강당으로 들어왔다. 친구들은 강당에 마련된 객석 중앙에 벌써 자리를 잡고 있었다. 나와 혜원이가 가운데에 앉았다. 내 옆으로는 유리를 비롯해 채원, 민주가 앉았다. 그리고 혜원이 옆으로는 원영과 나코, 사쿠라씨가 자리 잡았다. 어떻게 하다 보니 8명이었다. 유리 매니저까지 9명이 한 라인을 차지하고 있다. 채원, 민주, 유리가 나코와 원영을 보고 반갑게 인사했다.

"유리 너 가봐야 하지 않아?"

"가봐야지. 이따 봐."

유리가 매니저와 함께 대기실로 향했다. 그러자 사람들의 눈길이 유리를 따라 움직였다. 인기 가수인 유리에 의대 퀸인 혜원부터 비현실적인 비주얼의 원영이까지 있으니 우리 일행들에게 시선들이 모였다. 그나마 다행인 것은 폰으로 사진을 찍는 사람들이 없다는 것. 나코와 원영은 늙지 않고 오랜 수명을 가진 존재들이라 사진 찍히는 것을 기피한다. 그래서 지금 주위 사람들에게 사진을 찍지 못하도록 환술을 사용하고 있었다. 넋을 놓고 보고 있지만 사진 찍어야겠다는 생각이 안 드는 환술. 그렇지 않았다면 외모 때문에 엄청 사진을 찍혔을 것이다.

"그런데 유리 언니가 마지막이 아니네요?"

원영이 손에 들고 있는 팸플릿을 보며 말했다.

"그러게. 나도 유리가 신인이지만 인기가 많아 파이널일 줄 알았는데."

나는 미리 유리에게 공연 순서에 대해 얘기를 들었다. 파이널이 아니라는 말에 의아했는데 리허설에 갔다 온 유리가 그럴 만하다고 했다.

"유리가 인기 있기는 한데, 마지막 순서로 되어 있는 선배가 더 인기 있나 봐. 3학년 양예은 선배. 클래식 플루트 전공. 원래는 관객이 없어서 소강당에서 음악회를 했는데, 이 선배가 들어온 뒤로 관객이 갑자기 늘어나 작년부터 대강당에서 했대."

채원이가 폰으로 SNS 화면을 띄워 보여주었다. 작년 연주회 실황을 촬영한 동영상이었다. 생각보다 게시물과 조회수가 많았다. 양예은 선배 본인의 SNS가 아닌 다양한 클래식 연주회와 관련해 SNS에 올라온 영상들이었다. 소리를 작게 줄여 연주는 잘 들리지 않지만 연주자의 비주얼은 결코 유리에게 밀리지 않았다.

"클래식이 전공이기는 하지만 연주회에서는 캐주얼한 곡들도 연주한대. 몰랐는데 팝인데 플루트를 메인으로 한 곡들이 있대. 그래서 인기가 있나 봐."

영상에서도 연주하는 모습이 흔히 알던 클래식 연주자와는 달랐다. 중간에 연주를 하지 않을 때는 플루트를 내리고 관객들에게 미소를 짓고 호응을 유도했다. 비주얼까지 더해져 클래식 연주자라고 하기보단 아이돌에게 가까운 모습이었다. 점차 조명이 어두워지기 시작했다. 무대에 사회자가 등장했다.

"시작한다."

채원이가 폰을 집어넣으며 말했다. 일행들은 폰의 무음을 확인하고는 무대를 바라보았다. 연주 실력은 괜찮은 것 같은데 대부분의 레퍼토리가 클래식이라 다소 따분했다. 지루해하던 차에 유리 순서가 돌아왔다. 유리가 소개되자 열렬한 반응이 터져 나왔다. 유리는 캐주얼한 음악회 분위기에 맞춰

수수한 차림으로 무대에 올랐다. 그리곤 데뷔곡과 팝송 한 곡을 불렀다. 유리는 앵콜을 받아 한 곡을 더 부르고는 내려 갔다. 열렬한 박수갈채가 쏟아졌다. 음방 녹화 때 따라가서 도 그랬지만 유리가 열렬한 환호를 받는 모습에 기분이 좋았 다. 순서를 마친 유리가 무대 옆 계단을 내려와 객석으로 향 했다. 그리곤 내 옆에 와서 앉았다. 그런데도 아직 박수 소리 가 그치지 않았다. 유리는 자리에서 일어나 다시 한번 인사 했다. 다음 순서를 알리는 사회자의 안내가 이어지자 그제야 박수 소리가 잦아들었다. 무대에서는 오케스트라가 자리를 잡고 악기 조율을 하고 있다. 연주자 양예은 선배가 사회자 의 소개를 받고 무대로 올라왔다. 긴 금발 머리가 강렬하게 느껴졌다. 얼굴은 작고 인상이 또렷했다. 아이돌과 비교해도 밀리지 않는 비주얼이었다. 양예은 선배는 타이트한 미니드 레스에 힐을 신고 또각또각 걸어 나왔다. 손에 든 플루트가 조명에 빛났다. 양예은 선배는 무대 중앙에서 플루트를 들고 자세를 잡았다. 유리 때문에 밝아졌던 객석의 조명이 다시 어두워졌다. 잠시 뒤 연주가 시작되었다.

첫 곡은 잔잔한 연주곡이었다. 유리의 공연으로 들떴던 강 당의 분위기가 플루트 소리가 퍼져나가며 차분히 가라앉기 시작했다. 내 기분도 같이 차분해졌다. 그런데 곡이 중반쯤 이르자 등골이 서늘해지기 시작했다. 이 기분을 뭐라고 할까. 뭔지 모르겠지만 억지로 안정시키는 듯한 기분이었다. 주위를 보니 다들 눈을 감고 음악에 빠져든 모습들이었다. 하지만 원영과 나코는 의자에 기대앉은 채 무대를 예의주시하고 있었다. 사쿠라씨가 뭔가를 하려고 하는데 나코가 말렸다. 나는 무릎에 올려뒀던 백 안에서 부적을 꺼내 영기를 불어넣었다. 유리와 혜원은 잠에서 깬 듯 눈을 떴다. 뭔가 물어보려고 하는 혜원에게 조용히 앞을 보라고 내가 손짓을 해보였다.

"뭐가 있지?"

사념으로 원영에게 물었다.

"사념이에요. 플루트 소리에 감정을 증폭시키는 사념이 들어 있어요. 네크로맨선가."

"네크로맨서?"

"네. 영혼을 조종하는 자예요."

원영이가 무대를 뚫어지게 바라보며 속삭였다.

"마이 짱이 결계 치려고 해서 막았는데 혜수는 괜찮아?"

나코가 물었다. 원영도 그렇지만 나코도 무대를 주시하며 말했다.

"난 부적. 효과가 바로 옆까지밖에 안 가나 봐. 채원이랑 민주는 사념에 잡힌 거 같아."

"감정만 증폭시키고 있어요. 정신을 조종하거나 그런 건 아닌 거 같으니까 일단 두고 보죠."

　원영의 말에 내가 고개를 끄덕였다. 양예은 선배는 눈을 감고 플루트를 불고 있었다. 그냥 들어도 잘하는 연주였다. 하지만 부적을 사용하자 연주에서 느껴지는 감정이 대폭 줄어든 것을 느꼈다. 연주가 끝나자 강당 안을 울리는 박수와 환호가 터져 나왔다. 양예은 선배는 관객에게 미소 띤 얼굴로 공손하게 인사를 했다. 천천히 양예은 선배가 고개를 들었다. 순간 나와 눈이 마주쳤는데 그 눈빛이 벼린 칼날처럼 날카롭게 빛나고 있는 것 같은 느낌을 받았다. 그냥 나 혼자만의 착각일까? 하지만 감정을 증폭시키는 사념을 원영과 나코가 느끼고 있다면 우연일 리가 없었다.

4월 9일

해수

노숙자가 길바닥에 누워 자고 있다. 봄이라도 새벽이나 아침나절에는 아직 날이 쌀쌀했다. 노숙자는 몸을 말고 웅크린 채 꿈쩍도 안 했다. 이제 서서히 어둠이 벗겨나가고 날이 밝아오고 있다. 철커덩 철커덩 전철이 달려가고 도시가 깨어나고 있다. 조금 떨어진 거리에서 나와 도훈, 자경, 민정 차사가 노숙자를 바라보고 있다. 잠시 뒤 내 폰에서 알람이 울렸다. 알람 소리에 맞춰 노숙자의 몸에서 스르륵 영이 떠오르기 시작했다. 그 모습을 보며 도훈 차사에게 눈짓을 했다. 도훈 차사가 고개를 끄덕이고는 노숙자에게 다가갔다.

"전균하씨."

노숙자는 자신의 이름을 부르자 도훈 차사를 돌아보았다. 그러더니 갑자기 도망치려고 했다.

"아니, 저기."

노숙자의 갑작스런 행동에 도훈 차사가 당황했다. 도훈 차사가 황당해하는 틈을 타 노숙자는 내달리기 시작했다.

"전균하씨, 전균하씨, 전균하씨."

내가 재빨리 노숙자의 이름을 3번 불렀다. 그러자 노숙자의 영이 내게로 스르르 끌려왔다. 혼령은 도망치려고 했는데 내게 끌려오자 어리둥절한 표정으로 나를 보았다.

"전균하씨는 2021년 4월 9일 오전 6시 5분에 급성 알콜 중독으로 인한 신체기능 저하와 저체온증으로 사망하셨습니다."

혼령은 내 말이 무슨 말인지 못 알아들은 듯 멀뚱멀뚱 쳐다보았다.

"그러니까 전균하씨 돌아가셨다고요. 저기 보이시죠. 저기 누워 있는 사람이 전균하씨 본인입니다."

내 말에 혼령이 자신의 시신을 돌아보았다. 그제야 자신이 죽었다는 걸 알아들은 듯한 모습이었다. 도훈 차사가 주춤거리며 다가왔다.

"전균하씨처럼 이름을 부르면 도주하는 분들이 간혹 있습니다. 그럴 때는 당황하지 마시고 지금처럼 이름을 빨리 부르시면 됩니다. 웬만한 영은 이름을 3번 부르면 차사를 따라오게 되어 있습니다. 연수 때 들으셨죠?"

"듣기는 했는데 갑자기 닥치니까 당황해서…."

도훈 차사가 머리를 긁적이며 변명했다. 신입이라 실수를 하는 것은 이해할 수 있었다. 하지만 실수할 때마다 변명하는 것은 마음에 들지 않았다.

"급할 때 명부 찾으려면 더 정신이 없을 겁니다. 명부의 이름은 미리 외워두도록 하세요. 전균하씨 인도하세요."

"네."

도훈 차사가 머리를 긁적이며 혼령에게 다가갔다.

"보자 그러니까 전균하씨는 2021년 4월 9일 오전 6시 5분에 급성 알콜 중독으로 인한 신체기능 저하와 저체온증으로 사망하셨네요."

"그거 좀 전에도 했잖수. 한 거 또 하지 말고 담배나 한 대 주쇼. 어제 간만에 돈 생겨 한잔했었는데 싹 깨버렸네. 알딸딸하고 좋았는데. 쩝."

혼령이 입맛을 다셨다. 그리곤 서 있는 게 싫은 듯 쪼그려 앉았다.

"아니 혼령이 담배가 어디 있어요. 전균하씨 돌아가셨으니까 갑시다."

도훈 차사는 빨리 처리하려는 듯 혼령을 재촉했다. 그러나 혼령은 도훈 차사의 말을 들을 생각이 없는 듯했다.

"아, 그 양반 빡빡하기는. 담배나 한 대 달라니까. 한 대 피고 가게. 아님 소주를 한 병 주든가."

"아니 혼령에게 담배나 술이 있을 리 없잖아요. 그러니까 전균하씨 그만하고 갑시다."

"누가 안 간대? 간다니까. 가는데, 가기 전에 담배 한 대만 피고 가겠다고. 그러니까 담배나 달라고, 담배."

혼령은 도훈 차사의 말을 들은 척도 안 하고 고집을 피웠다. 그리곤 이제는 철퍼덕 퍼질러 앉더니 아예 바닥에 드러누워 버렸다.

"담배 달라고 담배. 담배 한 대만 피고 간다니까."

도훈 차사는 당황한 표정으로 혼령을 보더니 답답한 마음에 자신의 주머니를 뒤지기 시작했다. 하지만 담배가 있을 리 없다.

"보세요. 없다니까. 있으면 벌써 줬지. 없는 걸 어떡하라고."

"없으면 사 오든지. 담배 한 대만 피면 간다고."

도훈 차사가 난감한 얼굴로 날 쳐다보았다. 내가 폰의 시간을 보았다. 다음 건을 처리하려면 시간이 빠듯했다. 슬슬 움직여야 할 시간이었다. 내가 손을 허공에 저어 담배를 만들었다.

"담배 여기요."

혼령은 내가 건네주는 담배를 재빨리 낚아채 입에 물었다. 그리곤 라이터를 찾으려는 듯 주머니를 뒤적거렸다. 그걸 보고 내가 손에 불길을 일으켜 내밀었다. 혼령은 내 손가락에 일어난 불길로 담뱃불을 붙였다.

"소주는 없소?"

"근무 시간에는 음주가 금지라서요. 술은 저승 가서 드시죠."

내 말에 혼령이 아쉬운 표정을 지으며 입맛을 다셨다.

"갑시다."

담배 연기를 길게 뿜은 혼령이 자리를 털고 일어섰다. 그리곤 담배를 입에 문 채 도훈 차사를 따라 걸음을 옮겼다.

"선배님, 어떻게 한 거예요?"

어느새 민정 차사가 옆으로 다가왔다. 그 너머로 자경 차사도 궁금한 표정이었다.

"뭐?"

"아까 담배요."

"아."

허공에 손을 저어 담배를 만들어 보여주었다.

"신장 중에 항상 담배 피는 친구가 만드는 것 보고 해봤더니 되더라고. 모양만 비슷하게 만든 거라 조금만 연습하면 될 거야."

"불붙이고 연기 나고 다 되잖아요. 진짜 담배하고 똑같은데?"

민정 차사가 혼령의 담배를 보며 감탄했다.

"저건 혼령이 하는 거야. 죽은 지 얼마 안 된 혼령들은 살아 있을 때 버릇을 그대로 하는 경우가 많아. 저 혼령도 담배를 피운다고 생각하고, 살았을 때 담배를 피우던 감각이 살아 있으니까 실제 담배를 피우는 것과 같이 되는 거야. 담배를 피워본 적이 없어서 내가 하면 안 돼."

시범을 보일 겸 담배를 하나 만들어 불을 붙여보았다. 하지만 혼령과 달리 내 것은 불이 붙지 않는다. 내가 하는 것을 보고는 민정 차사와 자경 차사가 허공에 손을 저어보았다. 그런데 흐릿한 연기만 피어오를 뿐 아직 뚜렷한 모습을 갖추지 못했다.

"그럼 술은요? 술도 같은 거예요?"

"응. 저분이 마시면 소주 느낌이 들 거야. 취하기도 하고. 물론 시간이 지날수록 약해지겠지만."

내 말에 민정 차사와 자경 차사는 아쉬운 얼굴로 서로를 쳐다보았다. 두 차사는 저승에 온 지 오래되지 않았기에 아마도 좀 더 일찍 알았으면 좋았을걸 하고 아쉬워하는 모양이었다. 그 모습에 나도 모르게 피식 웃음이 나왔다.

혼령이 탄 전철의 문이 닫혔다. 전철은 역을 떠나 혼령들이 사는 지구를 향해 곧장 달리기 시작했다. 오늘 인도해야 할 혼령들 중 마지막 혼령이었다. 아침나절에 만난 노숙자 혼령을 빼고는 애를 먹인 혼령이 없었다.

"수고하셨습니다."

신입 차사들에게 인사를 했다. 그 인사에 신입들도 마주 화답했다.

"선배님도 수고하셨습니다."

"오늘 일은 마무리되었으니까 돌아가시면 됩니다. 저도 여기서 실례할게요."

"네. 조심히 들어가세요."

차사들과 인사를 하고는 헤어졌다. 전철을 타러 플랫폼으로 이동했다. 그런 날 민정 차사가 재빨리 따라왔다.

"선배님. 내려가시는 거예요?"

"응. 별일 없으면."

"저도 같이 가요."

"민정 차사도? 왜, 밑에 볼일 있어?"

의아한 눈으로 민정 차사를 돌아보았다.

"아니 선배님요. 선배님 SNS 관리해야죠."

민정 차사가 눈을 찡긋하며 폰을 꺼냈다. 그리곤 내 SNS를 띄워 보여줬다. 마지막에 올린 사진 밑의 댓글을 스크롤해 보여주었다.

"선배님, 댓글 안 보시죠? 다음 사진 언제 올라오냐고 난리예요, 난리."

나도 모르게 한숨이 훅 하고 나왔다. SNS 얘기에 급 피곤해졌다. 헤어졌네 어쩌네 하는 소리가 사라진 것은 좋지만, 민정 차사가 사진을 올린 것 때문에 요즘 내 SNS가 시끌시끌했다. 팔로우 요청도 모르는 상대는 무시할 수 있지만 전부터 알던 차사들의 요청은 그냥 무시하기가 난감했다. 해주자니 끝도 없고 안 하자니 그것도 그렇고. 일단 민정 차사의 어드바이스대로 너무 많아서 못 봤다고 변명하는 게 고작이었다. 하지만 지금 해달라고 하는 경우는 거절하기가 어려웠다. 이래저래 피곤하기만 한 SNS다. 대체 누가 이런 걸 만들었는지 그 사람을 원망해야 하나. 이래저래 시끄러운 SNS만 사라져도 세상이 지금보다 조용할 텐데 하는 생각이 들었다.

　"오늘 해야 되나?"

　"오늘 하는 게 좋죠. 아님 내일이나 모레 하실래요? 휴일이니까 어디 나가서 하실래요?"

　"글쎄. 얘가 어떨지."

　"아, 혜수씨. 스케줄 모르세요?"

　민정 차사가 눈을 동그랗게 뜨며 물었다.

　"몰라. 요새 서로 바쁘다 보니."

　이승으로 가는 전철에 올랐다. 민정 차사가 쪼르르 달려와 옆자리에 앉았다. 철커덩 철커덩 의자 밑으로 일정하게 달리는 전철의 흔들림이 느껴졌다. 창틀에 머리를 기대고 팔짱을

긴 채 눈을 감았다. 그냥 있으면 또 민정 차사가 미주알고주알 물어댈 게 뻔해서 눈을 감고 있는 게 나았다. 일정이라. 그동안 거의 붙어 있다가 보니 따로 일정을 얘기하거나 하지 않았다. 그러다 보니 요즘같이 서로 일이 있는 경우 스케줄 공유가 안 되었다. 혼자 일하면 중간에 잠깐 가 보기라도 할 텐데 신입들을 교육하다 보니 혼자 갔다 오기도 애매했다. 그렇다고 다 데리고 가자니 그것도 마땅치 않았다. 폰이 있어도 이승과 저승이라 연결이 안 되었다. 꼭 필요할 때는 개똥이를 통해 연락했다. 그런데 개똥이는 요새 뭐 하는지 여자아이 옆에 붙어 있지 않고, 연락하면 그때나 찾아갔다. 이런저런 생각을 하다 보니 내릴 역이었다. 어디로 갈까 잠시 고민을 하다 아직 해가 지지 않아 학교로 가기로 했다.

"선배님, 이쪽으로. 조금 더요."

민정 차사가 시키는 대로 포즈를 잡았다. 민정 차사는 손에 들고 있는 폰으로 연신 사진을 찍고 있었다.

"차사님, 추천 최고. 여기 진짜 좋아요."

"그치. 여기 레벨 있는 클러버들만 아는 곳이거든. 좋기는 근처 유명 클럽들이 좋지만, 여기가 생각보다 괜찮아. 여기 주인이 이곳 건물주거든."

민정 차사가 엄지를 번쩍 추켜세우며 말했다. 여자아이는 그 말에 고개를 끄덕이며 클럽 안을 둘러보았다. 좀 전에 학교에 가서 만난 여자아이는 친구들과 클럽에 간다고 했다. 그 소리에 옆에 있던 민정 차사가 바로 이곳을 추천해 주었다. 여자아이와 일행들은 입구에서 통제하는 직원에게 민정 차사가 알려준 대로 얘기하고 들어왔다. 나야 레벨이 어떤지 모르겠지만 여자아이의 반응으로 봐서 괜찮은 곳인 듯싶었다.

"근데 차사님은 여기 어떻게 아신 거예요?"

여자아이가 반짝이는 눈으로 민정 차사를 보았다.

"내가 전에는 좀 놀았잖아."

민정 차사가 생긋 웃으며 말했다. 생전의 일들이 생각나는지 기분이 좋아 보였다.

"나도 여기 자주 왔었는데. 혜수 덕분에 오랜만에 왔네."

"그쵸. 그니까 건배."

여자아이가 잔을 들어 건배하려고 했다. 그런데 민정 차사의 빈손에 당황한 표정을 지었다. 여자아이가 당황하니까 민정 차사도 역시 당황한 모습이었다. 아직 물건을 만들어내는 것이 익숙하지 않은 민정 차사였다.

"여기."

내가 잔을 만들어 줬다. 그리고 같이 건배했다.

"캬. 이거지."

여자아이와 민정 차사가 좋아했다. 여자아이가 마신 술의 느낌이 그대로 전해졌다. 나도 모르게 몸을 부르르 떨었다. 이런 게 뭐가 좋다고. 그러고 보니 술을 마셔본 것은 처음이었다.

"아, 선배님. 이쪽으로 앉아보세요."

그제야 같이 온 이유가 생각난 듯 민정 차사가 폰을 꺼내 들었다.

"여기는 이쪽 각도가 잘 나와요. 여기. 이쪽 보세요."

여자아이는 민정 차사의 카메라를 보며 포즈를 취했다. 나와 달리 익숙한 모습이었다.

"선배님, 왼손을 혜수씨 어깨로. 네. 좋아요. 선배님, 웃으세요."

한동안 나와 여자아이는 민정 차사가 시키는 대로 사진을 찍었다. 그리곤 SNS에 올릴 사진을 민정 차사와 여자아이가 같이 고르기 시작했다.

"선배님, 폰 잠깐만요."

민정 차사에게 폰을 건네주었다. 내 SNS지만 민정 차사의 SNS 같다. 여자아이와 고른 사진을 SNS에 업로드하고 민정 차사는 폰을 돌려주었다. 그때 민정 차사의 폰이 울렸다. 민정 차사는 전화를 받으러 밖으로 나갔다. 그러자 여자아이와 둘이 남겨졌다. 여자아이의 친구들은 아직 스테이지에 있다.

어색한 침묵을 깨려고 여자아이를 보았다.

"요즘 만나는 그 친구는?"

"아, 은우 선배요. 친구들이랑 약속 있대요."

"사귀면 이런 데 같이 오고 하는 거 아냐?"

"아직은 사귄다기보다는 썸이죠. 인제 일주일인데. 점심 때 봤어요. 같이 점심 먹고 커피 마시고."

"그러냐."

여자아이는 별일 아닌 듯 무심하게 대답했다. 성인이고 여자아이의 인생이니 뭐라고 할 건 아닌데 왠지 기분이 이상했다. 그냥 있자니 멋쩍어 잔을 입에 가져다 댔다.

"차사님은 민정 차사님하고 어떤 사이?"

"어떤 사이는 그냥 팀 선후배지. 오늘이나 같이 왔지, 평소는 일할 때만 같이 있어. 새 동기 2명하고."

내가 왜 이렇게 길게 설명을 하고 있지?

"민정 차사님은 차사님한테 관심 있어 보이던데요?"

"그건 SNS 때문에 그런 거잖아. 그거 아니면 그냥 선후배야."

"그렇구나."

여자아이가 다시 무심하게 고개를 끄덕였다. 요 며칠 떨어져 있어서인지 서먹했다. 구미호 때만 해도 1년여 동안 같이 붙어 있다 보니 말을 안 해도 서먹하거나 그렇지 않았다. 그런데 지금은 며칠 안 봤다고 말없이 있으려니 서먹했다. 여자아이가 대학생이 되어서 그러나. 내가 750년 이상 살아서 궁금한 게 없어서 그러나. 그렇다고 억지로 얘기하는 것도 그래서 음악을 듣는 척했다.

혜수

    지난밤 늦게까지 놀아서 간만에 늦잠을 잤다. 창으로 쏟아지는 햇살에 일어나 기지개를 켰다. 토요일이라 학교도 안 가고 너무 좋다. 드르륵 창문을 열었다. 4월의 햇살이 달콤한 솜사탕처럼 얼굴을 간질였다. 그때 어디선가 열기가 느껴졌다. 처음에는 따듯한 느낌이었는데 순식간에 훅하고 더워지는 타오르는 듯한 열기였다. 뭐지? 무슨 일인지 싶어 방을 뛰쳐나갔다. 나만 느낀 게 아닌 모양인지 원영과 나코도 뛰어나왔다. 저 앞에서 사쿠라씨가 뭘 하려는 듯 주문을 외우며 빠르게 손을 움직였다. 열기의 방향은 혜원의 방 쪽이었다. 노기한과 계약한 후 둘이서 뭔가 수련을 하는 것 같더니, 그새 또 사고를 쳤다.

    "뭐야?"

    소리 지르며 혜원의 방으로 뛰어들었다.

    방에는 양손을 앞으로 내밀고 있는 혜원과 그 옆에서 놀란 채 굳어버린 노기한이 있었다. 다짜고짜 혜원을 몰아세웠다.

"너 지금 뭐 했어?"

"아니. 아무것도."

혜원은 손을 내리고는 아무 일도 없었던 듯 뻔뻔스럽게 거짓말을 했다. 그사이 열기가 점점 사라졌다.

"좀 전에 그 자세는 뭔데?"

"이거? 스트레칭."

방금 전 자세가 스트레칭인 척 혜원이 두 손을 앞으로 뻗었다.

"스트레칭?"

내가 손에 불길을 일으키며 노기한을 노려보았다. 그러자 기한 아저씨가 펄쩍 뛰며 손을 내저었다.

"야. 야. 잠깐만. 말로 해, 말로. 너는 툭하면 폭력으로 해결하려고 하냐."

기한 아저씨가 내 손에 일어난 불길을 보며 달래기 시작했다. 기한 아저씨가 그러고 있는데도 혜원은 여전히 뻔뻔하기만 했다.

"사실은 얘가 영기 수련 시켜달라는데, 너도 알다시피 혜원이가 영기가 없잖아. 그래서 이것저것 같이 해봤는데."

기한 아저씨가 혜원을 쓱 쳐다보며 말했다.

"해봤는데요?"

"근데 애가 마력을 쓸 수 있는 거 같더라고. 하하."

기한 아저씨가 멋쩍게 웃었다. 마력? 영기하고 같은 거 아닌가?

"마력이라고요? 그거 영기랑 같은 거 아니에요?"

"뭐 비슷하기는 한데, 영기는 네가 가진 마나를 사용하고, 마력은 외부의 마나를 사용하는 게 다른 거지. 영기는 마나를 내부로 끌어들여 사용해. 마나를 끌어들일 때도 영기를 사용하기 때문에 영기가 없는 사람은 사용할 수 없지. 하지만 마력은 외부의 마나를 그대로 사용하거든. 그래서 영기가 없는 혜원이도 쓸 수 있을 거 같아 시켜봤는데…."

기한 아저씨가 겸연쩍은 얼굴로 말꼬리를 흐렸다.

"그래서 뭘 시켜봤는데요?"

옆에서 듣고 있던 원영이의 눈꼬리가 올라갔다. 원영의 말투로 봐서 혜원이가 한 것이 무엇인지 알고 그게 어떤 문제를 일으킬 수 있는지도 아는 눈치였다.

"아니, 그게, 별거 아니고, 그냥 초보적인 걸로."

"초보적인 거 어떤 거요?"

나코와 사쿠라씨도 팔짱을 낀 채 기한 아저씨에게 매서운 눈빛을 날리고 있다.

"그냥 파이어 볼."

"아, 파이어 볼이구나. 파이어 볼."

원영의 입술이 파르르 떨리기 시작했다.

"아니 나도 처음부터 될 줄은 몰랐지. 혜원이가 똑똑하기는 한데 마력을 쓰는 게 쉬운 일이 아니라서. 그래서 그냥 해본 건데. 처음부터 되는 바람에. 그래도 그렇게 제대로 된 파이어 볼은 아니었어. 그냥 열기가 좀 있는 정도. 그래. 그럴 거야. 아마도. 그냥."

기한 아저씨가 땀을 뻘뻘 흘리며 해명했다. 파이어 볼이라는 말에 원영의 눈꼬리가 매섭게 치켜 올라갔다. 나코는 손으로 이마를 짚으며 고개를 절레절레 흔들었다.

"파이어 볼을 아무런 준비도 없이 날리려고 했다는 거죠. 실제로 불을 낼 수도 있는 파이어 볼을요. 그것도 불에 약한 뱀파이어 집에서 말이죠."

원영은 혜원이가 집에 불을 낼 뻔했다는 걸 알자 날카롭게 기한 아저씨를 몰아세웠다. 화가 많이 났는지 평소의 화사한 모습은 사라지고, 하얗고 창백한 피부에서 냉기가 느껴졌다. 기한 아저씨는 원영의 날카로운 눈빛에 안절부절못했다. 방 주위로 차가운 기운이 피어오르며 원영의 긴 머리카락이 휘날리기 시작했다.

"아니, 그게. 야, 너도 뭐라고 얘기 좀 해봐."

기한 아저씨가 몸을 돌려 도움을 청하듯 혜원을 찾았다. 그런데 좀 전까지 옆에 있던 혜원이가 보이지 않았다. 기한 아저씨는 혜원을 찾아 두리번거렸다. 그때 방문이 활짝 열리며 혜원이 밖으로 뛰쳐나갔다. 모두의 관심이 기한 아저씨에게 쏠린 틈에 도망치려고 살금살금 문으로 다가간 것 같았다.

"야. 거기 안 서!"

내가 재빨리 혜원의 뒤를 쫓아갔다. 하지만 혜원은 뒤도 안 돌아보고 그대로 집 밖으로 달아났다. 문까지 뒤를 쫓아 달려갔지만 그대로 멈추고 말았다. 일어나자마자 열기를 느끼고 쫓아온 탓에 아직 잠옷 바람이었다. 이 상태로 차마 집 밖으로 쫓아 나갈 수는 없었다. 터벅터벅 되돌아서 다시 집 안으로 들어왔다.

"나코. 네가 혜원이 좀 잡아 올래?"

"배고프면 들어온다. 그때 혼내면 된다."

나코가 혜원의 성격을 알고 여유를 부렸다.

"쟤, 며칠 안 들어올 수도 있는데?"

"지갑까지 챙겨 들고 갔더라고요. 그새."

원영이 혀를 차며 말했다. 원영은 햇빛 때문에 혜원을 쫓아가지 못하고 있었다. 물론 캐볼라 같은 옷으로 갈아입으면 되지만 시간이 걸린다.

"가자. 마이 짱."

나코가 재빨리 대문 밖으로 몸을 날렸다. 사쿠라씨가 나코의 뒤를 따라 달려 나갔다.

"그럼 우리는?"

원영이 살기등등한 모습으로 쓱 돌아섰다. 기한 아저씨가 뒤늦게 계단을 내려오다가 그런 원영의 모습을 보더니 그 자리에 얼어붙었다. 원영이 손가락을 우둑우둑 꺾었다.

"다시 이런 일이 일어나지 않으려면 주의를 줘야 할 필요가 있겠죠?"

"집주인 먼저."

내가 원영에게 순서를 양보했다. 그리곤 뒤로 재빨리 물러서며 결계를 쳤다. 기한 아저씨는 한 템포 늦게 도망치려다 내 결계에 막혀버렸다. 기한 아저씨는 다가오는 원영을 보며 그 자리에 풀썩 주저앉았다.

문을 열고 카페로 들어섰다. 안이 사람들로 북적북적했다. 고개를 돌리다 한쪽에 혼자 앉아 있는 긴 금발의 여자가 눈에 확 들어왔다. 은우 선배와 같이 영화를 보고 기분 좋게 카페로 들어왔는데 그 순간 오늘 운세가 대흉이었던 것이 떠올랐다. 오늘 운세에 대흉이 혜원인 줄 알았는데 그게 끝이 아니었던 모양이다. 다시 보니 카페에 혼자 앉아 있는 금발의 여자는 음악회에서 본 양예은 선배였다. 지난번 음악회에서 본 후로 왠지 꺼림칙한 느낌이었다. 떨어진 곳에 앉으려고 자리를 찾아보지만 대흉인 운세답게 카페는 빈자리가 없었다. 다른 카페로 갈까 하고 창밖을 살펴보았다.

"자리가 없네. 혜수야. 저기 나 아는 사람 있는데 거기 같이 앉아도 될까?"

"선배 아는 사람요?"

"응. 나 어렸을 때부터 친구야. 우리 학교 학생이고. 어때?"

은우 선배가 물었다.

"저는 괜찮아요."

창밖을 훑어봤지만 다른 카페는 보이지 않았다. 이쯤에서 은우 선배 친구들과 얼굴을 익혀도 괜찮겠다는 생각이 들었다. 내가 좋다고 하자 은우 선배가 그쪽으로 걸어갔다. 얼굴에 환한 웃음을 지으며 성큼성큼 금발 머리의 여자에게 다가갔다.

"예은아."

"아, 은우구나. 무슨 일이야?"

은우 선배와 양예은 선배는 반갑게 인사를 나눴다. 어려서부터 친구였다는 은우 선배의 말처럼 인사에 친근감이 느껴졌다. 은우 선배의 말에 설마 아니겠지 했는데 이럴 때는 그 설마가 언제나 맞았다. 맞아. 그러고 보니 오늘 운세가 대흉이었지.

"어, 나 이 친구랑 같이 영화 보고 차 마시러 왔는데 빈자리가 없어서. 여기 자리 비었냐? 자리 비었으면 우리가 같이 앉아도 될까?"

"그래. 그런데 누구?"

"그때 얘기한 혜수. 성진이한테 소개받은 우리 과 1학년."

"아, 이 친구가 그 친구구나. 반가워. 난 예은이야. 양예은."

예은 선배가 얼굴 가득 미소를 지으며 인사했다. 나는 예은 선배의 앞 빈자리에 앉으며 가볍게 고개를 숙였다. 음악회에서의 느낌과는 달리 친근한 인상이었다. 얼굴이 차가운 인상이기는 하지만 웃는 모습이 친근감을 주었다. 내가 앉자 그 옆에 은우 선배가 앉았다.

"안녕하세요. 강혜수입니다."

"예은이하고는 어려서부터 옆집에 살았어. 부모님들이 친하셔서 우리도 같이 친해졌어. 예은이도 같은 초등학교 다녔어. 성진이도 같이 다녔고, 한 학년 밑."

"성진이는 너 때문에 아는 거지. 너희 부모님과 성진이 부모님이 친구시잖아."

"그렇지."

예은 선배의 말에 은우 선배가 고개를 끄덕였다.

"혜수라고 했지? 채원이라고, 성진이 여자친구하고 친구라며?"

"아, 네. 그런데 성진 오빠하고도 잘 아세요?"

"응. 잘 알지. 은우 너 뭐 해? 얘 마실 것 주문 안 해?"

예은 선배가 은우 선배를 쳐다보았다.

"아, 맞다. 너 뭐 마실래? 아아?"

"네. 아이스 아메리카노요."

"주문하고 올게. 얘기하고 있어."

은우 선배가 자리를 털고 일어섰다.

"천천히 와. 너 옛날얘기 해주고 있을 테니까."

"오늘은 좀 봐줘라. 이제 1주일 됐어."

"그래? 그럼, 뭐 적당히 할게."

예은 선배가 눈을 찡긋했다.

"부탁한다."

은우 선배는 두 손을 모아 부탁하는 자세를 하고는 주문하러 갔다. 예은 선배는 은우 선배가 가는 모습을 흐뭇한 표정으로 보고 있다.

"은우 잘생겼지?"

예은 선배가 멀리 계산대 쪽을 보며 말했다.

"선배, 잘, 잘 생기셨어요."

예은 선배의 말에 다시 은우 선배를 힐긋 보며 대답했다. 갑자기 얼굴이 화끈거렸다.

"선배님, 음악회에서 봤었어요. 잘하시던데요. 연주 잘 들었습니다."

은우 선배의 얘기를 계속했다가는 표정이 감당이 안 될 것 같아서 얼른 화제를 돌리려고 음악회 얘기를 꺼냈다.

"아, 음악회 왔었어? 잘 들어줬다니 고마워."

"네. 유리랑 친구라서 갔었습니다."

"아, 맞다. 유리. 채원하고 친구였지. 그럼 너하고도 친구겠네?"

"네. 유리랑도 친해요."

"좋겠다. 너희들 친구들이 다 그렇게 예쁘니까."

"아뇨. 예쁘다니요. 선배님이 더 예쁘신데."

"고마워. 인사로 받을게."

예은 선배가 싱긋 웃었다.

"아뇨. 선배님 예쁘세요. 정말로."

"예쁘다니 기분 좋은데. 후후. 고마워."

예은 선배가 또다시 싱긋 웃었다. 그때 주문을 하고 은우 선배가 돌아왔다.

"무슨 얘기 했어? 별 얘기 안 했지?"

은우 선배가 다시 장난스럽게 물었다.

"응. 별 얘기 안 했어. 이따 너 픽업하러 가면 그때 더 하려고."

예은 선배가 웃으며 은우 선배를 놀렸다. 첫인상과는 달리 예은 선배는 꾸미지 않는 성격이었다. 음악회에서 본 인상은 착각이었나 속으로 머리를 갸웃했다.

"…저, 혜수?"

그때 내 옆에서 작은 목소리가 들려왔다. 살짝 돌아보니 지현이었다. 도서관 지박령인 지현을 학교와 멀리 떨어진 이곳에서 보자 놀라고 말았다. 지현 역시 낯선 장소라 어쩔 줄 몰라 당황하는 모습이었다. 나를 보고 반가운지 눈에 눈물이 그렁그렁했다. 지현이 영이라 예은 선배와 은우 선배는 볼 수는 없지만 그래도 혹시나 해서 예은 선배가 눈치채지 못하게 표정 관리를 했다.

"지현아, 잠깐만. 나 나가면 따라 나와."

사념으로 재빨리 지현에게 얘기를 했다. 그리곤 서둘러 일어나면서 핸드폰을 꺼내 들었다.

"응, 지현아. 잠깐만. 선배 저 전화 좀 받고 올게요."

은우 선배와 예은 선배에게 양해를 구한 뒤 카페 밖으로 나왔다. 지현이 나를 따라 나왔다. 예은 선배는 그런 나를 흘 깃 쳐다보았다. 카페 밖에서 전화 통화를 하는 척하면서 사념으로 지현과 같이 얘기를 했다.

"응, 지현아. 어떻게 된 일이야?"

"아니, 나, 학교 안에 돌아다니고 있었는데 정신 차리고 보니 여기야. 여기가 어딘지도 모르겠고. 학교로 돌아가려면 어디로 가야 할지 몰라 우왕좌왕하고 있었는데 네가 보여서…."

지현은 힘들었는지 울먹거렸다.

"그러니까 학교 가는 길을 모르는 거지?"

"응."

"잠깐만."

얼른 폰으로 학교 위치를 검색했다. 폰의 지도를 이용해서 학교 방향을 찾았다.

"이쪽으로, 이쪽 방향으로 쭉 가면 돼."

폰을 눕혀 지현에게 보이도록 해주었다. 그러면서 전화 통화하며 하는 손짓인 듯 학교 방향을 슬쩍 가리켰다.

"이쪽으로? 고마워."

"그래. 혹시 못 찾으면 다시 오고."

"그래. 고마워."

지현은 연신 고마워하며 허둥지둥 학교 방향으로 날아갔다. 영이라 길하고 상관없이 방향만 알려주면 되니까 편했다. 자리로 돌아가자 은우 선배와 예은 선배는 화기애애한 분위기였다. 둘 다 아이돌이라고 해도 손색없는 비주얼이라 카페 안의 사람들이 연신 흘깃거리고 있다. 그런 둘 사이에 끼자니 왠지 쭈뼛거리게 된다.

"어, 혜수 왔구나. 예은이는 음대야. 플루트 전공."

"얘 알아. 음악회에 왔었대."

예은 선배가 금발 머리를 손으로 쓸어 넘기며 미소 지었다.

"어, 그래? 미안. 난 그날 알바 있어서 못 갔어."

"됐어. 넌, 혜수한테나 신경 쓰세요."

"그럴까?"

은우 선배가 그 말에 싱긋 웃었다. 그때 진동벨이 울리고 은우 선배가 일어나 음료를 가지러 갔다. 은우 선배가 돌아올 때까지 예은 선배와 가벼운 대화를 했다. 대화가 끊기려는 찰나에 다행스럽게 은우 선배가 음료 쟁반을 들고 돌아왔다. 진짜 대흉인 날은 이모저모 피곤했다. 혜원이에서 끝날 줄 알았는데 예은 선배에다 그리고 지현까지. 무심코 한숨이 새어 나왔다.

4월 11일

해수

회의실에서 신입 차사들과 함께 둘러앉아 일정 확인을 했다. 오늘 예정된 일은 5건이었다. 환절기라 여느 때처럼 노인 관련 일들이 많았다. 나이 드신 분들이 많은 탓에 아무래도 민정 차사보다는 도훈 차사와 자경 차사에게 몇 건씩 더 가도록 일정을 조율했다. 그러고 나서 이제까지 차사 일을 하면서 힘든 점이나 애로사항 등에 대해 얘기를 나눴다. 신입 차사들이 힘들어하는 것은 두말할 것도 없이 현장에서 맞닥뜨리는 망자들이었다.

"차사 교육을 받을 때는 이렇게 힘들 줄 몰랐습니다. 며칠 전 만난 노숙자보다 더 심한 사람들도 많더라고요."

도훈 차사가 푹 한숨을 쉬며 실토하듯 얘기를 꺼냈다.

"저도요. 인간관계는 살아 있을 때나 해당되는 줄 알았는데, 아니더라고요. 정말 별의별 망자들도 다 있다 싶어요."

자경 차사가 옆에서 머리를 절레절레 흔들며 맞장구를 쳤다. 중년의 차사들이 인간관계에 대해서 열을 올리고 있는데 반해 민정 차사는 별말 없이 폰을 보고 있다. 자기의 일이 아닌 것은 관심이 없었다. 그런데 막상 현장에 갔을 때 상황 파악이나 순발력은 민정 차사가 나은 편이었다. 회의를 마치고 신입 차사들과 함께 사무실을 나섰다. 건물 밖으로 나와 고개를 들었다. 이제 저승도 봄이었다. 저승에도 하늘이 있고 햇살이 떨어진다. 그런데도 이승처럼 생기가 있다거나 따스하게 느껴지지 않았다. 문득 정신을 차리고는 머리를 저었다. 전에는 이런 생각을 한 적이 별로 없었는데 자꾸 이승과 저승을 비교하고 있다. 그러면서 이승에 더 관심이 가고 마음이 기울어진다. 원영이가 준 방을 거절하지 않았던 것도 이런 마음 때문이었을까. 정말 차사가 이래도 되는 것일까.

전철을 타러 역을 향해 걸었다. 신입 차사들 뒤에서 느긋하게 걸음을 옮겼다. 현장으로 향하는 신입들에게는 익숙하지 않은 일에 대한 불안과 설렘, 그리고 풋풋함들이 어우러져 있다. 700년 전에는 나도 저들 같은 마음이었을 것이다. 하지만 문득 돌아보니 그 시간들이 느껴지지 않았다. 한순간이었던 것 같기도 하고, 찰나였던 것 같기도 하고, 지금 이 자리였던 것 같기도 했다.

전철역으로 가는 도중에 건너편에서 화정 차사가 다가왔다. 화사하게 웃으며 가까이 오더니 손을 내밀었다.

"해수씨, 오랜만이네. 신입 교육?"

화정 차사가 생글거리며 내 옆으로 늘어선 차사들을 차례로 훑어보았다.

"응. 신입 교육. 화정 차사와 여기서 보는 거 오랜만이네."

화정 차사에게 당하기 전에 얼른 호흡을 멈춰 영기가 스며드는 것을 차단했다. 그리곤 화정 차사가 내민 손을 잡았다. 따스한 기운이 느껴졌다.

"신입들?"

"응. 인사해. 여기는 화정 차사. 우리 팀 문규 차사 알지? 거기랑 커플."

"해수씨도, 그런 얘기는 왜. 반가워요. 화정이에요."

화정 차사는 손을 내젓다가 금세 환하게 웃으며 신입들에게 인사를 했다. 신입 차사들은 화정 차사의 화려한 외모와 분위기에 당황하며 허둥지둥 인사했다. 숨을 멈추고 있는데 내 코로 달콤한 향기가 스쳤다. 나는 재빨리 뒤로 물러섰다.

"해수씨?"

내 행동에 기분이 상했는지 화정 차사가 뽀로통한 표정을 지었다.

"아, 나는 신경 쓰지 마."

내가 웃으며 손을 저어 보였다. 화정 차사에게 피어난 달콤한 향기가 신입들을 감싸고 있었다. 준비해야겠네. 나는 얼른 영기로 로프를 만들었다. 그리곤 신입들의 허리에 로프를 묶기 시작했다. 신입들은 정신이 온통 화정 차사에게 쏠려 있어 내가 자신들의 허리에 로프를 묶는지조차 몰랐다.

"해수씨, 뭐해?"

화정 차사가 내 행동이 이상하게 보였는지 의아한 얼굴로 물었다.

"별거 아냐. 신경 쓰지 마."

화정 차사가 내게 주의를 기울이자 달콤한 기운이 확 풍겼다. 나는 재빨리 하던 일을 멈추고 뒤로 물러섰다. 살짝 숨을 들이마셔서 달콤한 기운이 없는 것을 확인하고는 크게 심호흡을 했다.

"그럼 수고들 해요."

화정 차사가 신입들을 향해 다시 화사하게 인사를 건넸다. 그리곤 사무실이 있는 쪽으로 몸을 돌렸다.

"네, 수고하세요."

신입들이 화정 차사에게 마주 인사했다. 그런데 인사를 하면서 화정 차사를 따라 움직이기 시작했다. 신입들은 두어 걸음 내딛다가 내가 묶어둔 로프 때문에 더 이상 앞으로 나가지 못했다. 신입들은 멀어져 가는 화정 차사를 향해 손을 허우적거렸다. 내가 앞으로 돌아가서 보니 신입들의 눈이 모두 몽롱하게 풀려 있다. 한숨을 쉬고는 민정 차사의 눈앞에

서 손가락을 튕겼다. 민정 차사는 갑자기 잠이 깬 듯 눈을 끔
벅이며 주위를 둘러보기 시작했다. 민정 차사가 깨어난 것을
보고는 자경 차사의 눈앞에서 손가락을 튕겼다. 자경 차사
는 한 번으로는 안 돼 두어 번 튕기자 그제야 정신을 차렸다.
역시 민정 차사처럼 무슨 일인지 주위를 두리번거렸다. 이제
마지막으로 도훈 차사의 눈앞에서 손가락을 튕겼다. 그런데
도훈 차사는 남자라서 심하게 걸렸는지 몇 차례 손가락을
튕겨도 깨어나지 않았다. 그래서 도훈 차사의 눈 바로 앞에
서 손뼉을 쳤다. 그제야 도훈 차사도 놀라며 정신을 차렸다.
다들 무슨 일이 있었는지 멀뚱멀뚱하게 나만 바라보았다.

"정신들 드셨나요?"

"…아니, 무슨 일이… 뭐 뭐지, 아무것도 기억이 안 나."

도훈 차사는 아직 여운이 남은 듯 더듬거렸다. 눈빛이 멍
했다.

"방금 화정 차사와 인사할 때 무슨 달콤한 향기 같은 거 느
껴지지 않으셨나요?"

"아, 네. 뭔가 달콤한 게 달고나 같은 냄새가."

도훈 차사가 머리를 갸웃하며 중얼거렸다.

"솜사탕 아냐?"

자경 차사가 뇌까렸다.

"카라멜 마키아또?"

이번에는 민정 차사가 말했다. 다들 느껴지는 것이 제각각인 모양이었다. 그래도 다 같이 달콤한 향기들이었다.

"드물기는 하지만 인간의 영이 아닌 차사들이 있습니다. 화정 차사도 그런 경우인데, 원래 서큐버스입니다. 몽마라고 꿈속에서 사람을 유혹하는 마물이었습니다."

"방금 그분이요?"

신입들은 놀라서 멀어져 가는 화정 차사의 뒷모습을 유심히 보았다. 화정 차사는 막 건물의 입구로 사라졌다.

"방금 여러분들이 경험한 것이 서큐버스가 혼령을 사로잡는 기술입니다. 본인 말로는 뭔가 하려고 한 게 아니라 서큐버스라 어쩔 수 없다고 합니다. 좀 전에 맡은 달콤한 향기가 혼령의 정신을 사로잡는 기운입니다. 방금처럼 달콤한 향기가 나면 숨을 멈추거나 뒤로 물러서시는 게 좋습니다. 아니면 며칠, 심하면 수십, 수백 년간 정신을 잃을 수 있습니다."

내 말에 민정 차사와 자경 차사는 흠칫 몸을 떨며 화정 차사가 사라진 건물 쪽을 흘깃거렸다. 도훈 차사는 내 말이 믿기지가 않는다는 표정이었다.

"일을 하다 보면 간혹 인간이 아닌 존재들을 마주치게 됩니다. 미리 경험이라고 생각하세요. 화정 차사도 악의는 없으니까 주의만 하시면 별일 없을 겁니다. 가시죠."

내 말에 자경 차사는 화정 차사에게서 멀어지려는 듯 빠르게 걸음을 옮겼다. 그런데 도훈 차사는 사무실 건물을 돌아보며 아쉬운 눈빛으로 천천히 따라왔다. 민정 차사가 내 옆으로 다가왔다.

"선배님, 혜수와 같이 사는 친구들도 혹시?"

"뭐, 다들 그렇지. 왜?"

"아뇨. 지난번 갔을 때 왠지 다들 저랑 선배님이 보이는 것 같이 행동을 해서."

며칠 같이 다녀보니 민정 차사는 눈썰미가 좋았다. 첫날 뺑소니 운전자를 보는 것도 그랬다. 여자아이의 동거인들이 평범하지 않다고 느낀 모양이었다.

"혜수가 무당이고 게다가 내가 신장이니 당연히 우리가 보여. 집주인인 원영이는 뱀파이어, 일본에서 온 나코는 구미호야. 그래서 둘 다 차사를 봐. 나코를 따라온 사쿠라라는 여자는 집안 대대로 이어져 내려온 무녀라 영을 보고, 혜원이라는 친구는 기한이라는 신장 후보였던 친구와 계약을 맺었대. 그 뒤로 내가 보이나 봐."

"아, 그래서 다들. 아니 그럼 뱀파이어와 구미호가 진짜 있는 거였어요?"

민정 차사는 설명을 들으며 여자아이와 동거인들의 행동이 수긍이 간다는 듯 고개를 끄덕이다가 원영과 나코의 정체를 듣고는 깜짝 놀랐다.

"있어. 봤잖아."

"아니, 전, 그게."

민정 차사는 적당한 말이 떠오르지 않는 듯했다.

"뭐 그런 걸 알면 놀라는 게 일반적이기는 하지. 죽기 전까지는 저승사자가 정말 있는지도 몰랐을 거 아냐."

"그건, 그랬죠."

민정 차사가 당황한 얼굴로 대답했다. 민정 차사뿐만 아니라 나도 마찬가지였다. 죽기 전까지는 저승사자가 정말 있다고 생각하지 못했다. 나 또한 죽고 나서 저승사자를 처음 봤을 때 무척이나 놀랐다. 내가 죽은 그 시절에는 저승사자가 검은 도포에 갓을 쓰고 고압적인 모습으로 나타났었다. 그 모습에 그만 기가 죽어서 찍소리도 못하고 저승사자가 하라는 대로 따랐다.

"내가 저승사자인데, 뱀파이어나 구미호가 있다고 놀랄 일은 아니지."

"그건 그렇네요."

민정 차사가 어쩔 수 없다는 듯 고개를 끄덕였다.

"혜수는 무당이라 그렇다 쳐도 혜원이란 친구는 어떻게 계약을 맺었대요?"

"몰라. 무슨 마법진인지 가지고 기한을 소환했다고 하더라고. 무당은 많이 봤지만 소환한 친구는 처음 봤어."

그러고 보니 혜원이라는 친구뿐만 아니라 여자아이도 같은 마법진을 써서 기한을 소환한 적이 있었다. 그때는 무당 말고도 영적인 존재를 불러내는 방법이 정말 있구나 생각했었다. 동방 팀장에게 물어보니 있기는 하지만 매우 드문 경우라고 했다. 시도하는 사람은 많은데 성공하는 경우는 무당이 신내림 받는 것보다 훨씬 적다고 했었다.

"어렸을 때 그런 거 좋아하는 친구들이 있기는 했는데 뭘 소환하거나 계약했다는 소리는 들어본 적이 없는데."

민정 차사가 머리를 갸웃하며 말했다.

"거의 되는 경우가 없대."

"그렇죠?"

"그렇지. 안 되는 게 보통이지."

"참, 그런데 아무리 무당이라도 뱀파이어에 구미호가 같이 사는데, 혜수는 괜찮을까요?"

"원영이와는 1년 반 정도 같이 살았는데 괜찮지 않을까? 걔가 구해준 것도 몇 번 되고."

"혜수는 대단하네요. 저 같으면."

민정 차사가 고개를 절레절레 흔들었다. 민정 차사와 얘기하다 보니 여자아이가 새삼 대단한 강심장인 것 같다는 생각이 들었다. 나조차 살아 있을 때는 흡혈귀와 구미호와 같이 사는 것은 꿈도 못 꿀 일이었다. 평범한 여자아이라고 생각했는데 주위 환경을 생각해 보면 여자아이는 전혀 평범하지가 않았다. 어느새 이렇게 되었는지 나도 모르게 피식 웃음이 나왔다.

"선배님, 전철 들어와요."

"그래. 빨리 타자."

전철이 도착했다는 알림에 나와 민정 차사는 서둘러 걸음을 떼었다.

업무가 끝난 후 마무리하려고 사무실에 들렀다. 그런데 문규가 사무실에서 서류 작업을 하고 있었다.

"웬일이냐. 네가 이 시간에 사무실에서 일을 다 하고."

"그치. 내가 전에도 말했지만 우리 일, 이게 문제가 많아. 개인 생활이 없어요. 개인 생활이. 이건 출퇴근이 일정하기를 하나, 휴일이 있나, 게다가 휴가도 없고, 장기근속 혜택도 없고. 이거 완전 악덕이야. 그러면서 뭐 하나 문제가 생기면 그건 또 다 책임을 져야 하고."

문규가 입이 대자는 나온 채 투덜거렸다. 일요일인데도 화정 차사와 같이 놀지 못하고 일해서 불만인 모양이었다. 얘기를 들어보니 무슨 일이 생겨 사유서를 쓰고 있는 것 같았다.

"무슨 일 있어?"

"혼령 하나를 놓쳐서."

"혼령을 놓쳐?"

"응."

"네가 차사 일한 지가 몇백 년인데 혼령을 놓쳐?"

내가 어처구니가 없다는 투로 말했다.

"그러니까 말이다. 참 나, 기가 막혀서."

"뭐가 어떻게 된 건데?"

의자 하나를 끌어와 문규의 책상 앞에 앉았다. 초보 차사가 혼자 일을 하는 초창기에는 혼령을 놓치는 일이 간혹 발생했다. 범죄자를 비롯해 누군가에 쫓기는 사람의 혼령들은 차사가 호명하면 도망치는 경우가 빈번했다. 갑작스럽게 혼령이 도망을 치면 초보 차사들 중 다수가 도훈 차사처럼 대처를 못 하는 경우가 발생했다. 그래서 빠르게 대응 못 하는 경우 혼령을 놓치기도 했다. 그런 혼령들은 간혹 악귀가 되어 사람을 해치기도 한다. 그런데 문규처럼 수백 년간 일을 한 차사들은 다양한 혼령들을 경험해서 갑작스레 도망치거나 하는 걸로 혼령을 놓치는 경우가 없었다. 아주 드물게 악령이 빙의된 경우 놓치는 경우가 있긴 했다. 하지만 그런 때도 경험이 많은 차사들은 추격팀에 발빠르게 연락해서 조치를 취한다. 따라서 문규 같은 경험이 많은 차사가 혼령을 놓친다는 것은 있을 수 없는 일이었다.

"그게 말야. 나도 보기는 했지만 믿기지 않아서."

문규가 허탈한 표정으로 말했다.

"평범한 케이스였어. 나이 든 노인이고, 늙어서 자연사한 경우였거든. 시간 여유도 있어 미리 가서 기다리고 있었는데, 시간 되어 혼령이 나오자마자 날아간 거야. 아니 정확하게 표현하면 날아갔다기보단 빨려들었다고 해야 하나?"

"빨려들어?"

혼령이 빨려들어 갔다고?

"그런 거 같아. 처음 이름을 부르니까 나를 바라보더라고. 그리곤 순식간에 사라졌어. 마치 어디론가 쑥 빨려들어 가는 것 같더라고. 나도 어이가 없어서."

"찾아봤을 거 아냐?"

"찾아봤지. 혼령이 자신의 의지로 움직였으면 흔적이 남아 쫓기라도 했을 건데 이건 뭔가에 끌려갔는지 아무런 흔적도 남지 않아서. 뒤늦게 연락해서 추격팀이 왔었는데, 아무것도 못 찾았대. 흔적도, 단서도 없이 사라진 거지."

"그래서?"

"그래서 지금 이렇게 사무실에서 서류 작업을 하고 있다 이거지. 모처럼 날씨도 화창하고 화정이도 쉬는 일요일에."

문규가 의자의 팔걸이를 툭툭 치며 투덜거렸다.

"위에서는 뭐래?"

"혼령이 자기 의지로 도망친 건 아니니까 악령 여부에 관한 판단은 미루고 찾는 걸 우선으로 했다나 봐. 그렇다고 해도 단서가 없으니 찾는 데 시간이 얼마나 걸릴지는 모르는 일이지."

"참, 나, 어쩌다가."

"그러게나 말이야. 왜 하필이면 그런 일이 나한테 일어나냐고."

문규는 억울하다는 듯 부루퉁한 얼굴로 입술을 잔뜩 내밀고 키보드를 부서져라 두들겨 댔다.

"공지 뜨면 나도 찾아볼게. 수고해."

"그래. 수고."

문규는 시큰둥한 말투로 인사를 하며 문서 작업을 계속했다. 나는 자리로 돌아와 일을 마무리 짓고는 사무실을 나섰다.

혜수

모처럼 도서관에 앉아 책을 읽고 있는데 단체방에 메시지
가 올라왔다. 한적한 곳에 위치한 학교 건물 6층 13호로 모
이라는 메시지였다. 턱을 괸 채 하품을 하며 창밖을 바라보
았다. 날씨도 눈부시게 좋은데 후미지고 우중충한 건물로 왜
모이라는 거야. 오후는 강의가 없지만 귀찮았다. 다시 하품
을 했다. 무슨 핑계를 대서 빠질까 하고 머리를 굴리는데 단
체방에 민주의 메시지가 떴다. 민주는 그 시간에 강의가 있
다고 거짓말하다가 혜원에게 바로 들통이 났다. 민주의 머리
로는 혜원이를 당해낼 수가 없다. 그리고 머리 좋은 혜원은
친구들의 강의시간표를 줄줄 외우고 다녔다. 심지어 민주와
채원이가 놀다 자기들의 강의를 까먹는 것까지 다 챙겼다.
뭐 좋은 게 없을까. 창밖으로 새순이 움트고 있는 나무를 보
며 무슨 핑곗거리가 없을까 곰곰 생각했다. 하지만 좋은 생
각이 떠오르지 않았다. 이틀 전에 파이어 볼로 사고 치고 나

갔던 혜원이는 나코와 사쿠라씨에게 곧바로 붙잡혀서 들어왔다. 그리곤 집주인인 원영에게 한소리를 들어야 했다. 나도 자다 깨서 엄청 놀란 탓에 원영이 옆에서 같이 잔소리를 했는데, 오늘 혜원에게 걸렸다가는 그때의 복수를 당할 것이 뻔했다.

일어나 책상의 책들을 정리하고는 가방을 쌌다. 아기동자는 서가 끝의 후미진 곳에서 지현이와 무슨 얘기를 하는지 희희낙락하고 있다. 난데없이 길을 잃어 카페에 나타났던 지현은 아기동자와 수다 삼매경에 빠져 있다. 둘이 뭐가 저렇게 좋고 재미있을까.

도서관을 나와 따스한 봄볕을 받으며 걸어갔다. 날씨는 따듯하고 달착지근한 바람이 머리카락을 살랑이며 지나갔다. 이렇게 매일매일이 봄날이면 좋을 텐데. 혜원이가 오라는 곳으로 가 보니 빈 연구실이었다. 건물은 북쪽 끝 한적한 곳에 위치해 있다. 문을 열고 들어가자 민주가 먼저 와 있었다.

"왔냐?"

"응."

내가 들어서는 걸 보고 민주와 얘기하고 있던 혜원이도 돌아보았다. 혜원의 옆에 있던 기한 아저씨가 알은 척을 했다. 민주가 있어 손만 살짝 들어 보였다. 기한 아저씨에게 눈으로 민주를 가리키자 무슨 뜻인지 알아듣고 고개를 끄덕였다.

"근데 여긴 뭐냐?"

"여기? 우리 동아리방."

혜원이가 활짝 웃으며 팔을 벌렸다.

"동아리방?"

"무슨?"

민주도 궁금한 얼굴로 되물었다.

"이따 애들 오면 얘기해 줄게."

나와 민주의 질문에 혜원이가 씩 웃으며 대답했다.

"우리 왔어."

때마침 채원과 유리가 들어왔다. 학교 안에서는 채원이가 유리 매니저처럼 붙어 다녔다. 유리의 유명세로 채원이가 이익을 보는 것도 있지만, 고등학교 때부터 유리 주변의 귀찮은 일들을 채원이가 처리하다 보니 대학에 와서도 자연스럽게 그렇게 된 것이다.

"여기야? 동아리방?"

채원이가 방을 둘러보며 물었다.

"응. 여기야."

"어 저쪽 캐비닛 내 거다."

채원이가 뒤편의 캐비닛을 향해 살랑살랑 다가갔다.

"뭐야? 채원이 너 알았던 거야?"

채원은 내 말에 아랑곳하지 않고 방 한쪽의 캐비닛을 열었다. 그리곤 메고 온 커다란 백에서 물건들을 꺼내 안에 정리하기 시작했다.

"뭐야 너희 둘."

"뭐가 어떻게 된 거야? 알아듣게 설명 좀 해줘 봐."

나와 민주가 항의하자 채원과 혜원은 서로 쳐다보며 싱긋 웃었다.

"내가 만들었어. 동아리. 여기가 동아리방이고."

혜원이가 뿌듯한 표정으로 안을 둘러보며 말했다.

"내가 도와줬어."

채원이가 캐비닛에 물건을 넣으며 얘기했다.

"그런데 우리는 왜?"

민주가 혜원과 채원의 말이 이해가 안 되는지 눈을 끔벅이며 물었다. 민주의 말에 혜원의 입꼬리가 올라갔다. 나는 그 표정에서 대충 어떻게 된 일인지 눈치를 챘다.

"왜는, 얘네가 동아리 만들면서 우리를 회원이라고 신청한 거지."

"칫. 알았냐."

혜원이가 말했다.

"너희 둘이 한 거면 뻔하지. 학교에 신청하고 하는 건 혜원이가 했을 거고, 신청서 위조하는 건 채원이가 했겠지."

보나 마나라는 투로 내가 말했다.

"어떻게?"

민주가 의아한 표정으로 날 쳐다보았다.

"너 고등학교 때 부모님 몰래 사인 위조할 때 누가 해줬었냐?"

"채원이."

"고마워 안 해도 돼."

채원이가 물건을 정리하다가 돌아보며 생긋 웃었다.

"신청서에 다른 정보는 혜원이가 다 채웠을 거고, 사인은 채원이가 한 거지. 근데 5명으로 돼? 동아리 설립이?"

"그냥은 20명인데 교수님 추천이 있으면 10명. 학교도 의대 주도로 만든다니까 별말 없이 승인."

"우린 다섯이잖아. 나머지는?"

"의대 주도랬잖아. 우리 과 애들. 점심 같이 먹어주니까 바로 써줬어. 동아리방에는 얼씬 안 할 거야. 동아리실은 빈방이 없어서 안 쓰는 연구실 얻었어."

어쩐지 한적하고 사람들이 안 쓰는 건물이더라.

"무슨 동아린데?"

내가 팔짱을 끼면서 턱을 들었다. 혜원이가 만들었으니 어떤 동아리인지 짐작은 가지만 부러 물어보았다. 내 질문에 혜원이가 빙그레 웃으며 대답했다.

"오컬트 동아리."

"가자."

내가 자리에서 발딱 일어서며 말했다. 그러자 민주와 유리가 바로 따라 일어났다.

"야, 잠깐만."

혜원이가 내 반응에 놀란 듯 말리고 나섰다. 그 사이 채원이 캐비닛 정리를 마치고 다가왔다.

"혜원이는 그렇다 치고 채원이 넌 왜?"

"나? 내가 마음대로 쓸 수 있고, 물건 둘 곳 생기니까. 놀러 갈 때 옷 갈아입으러 집에 안 가도 되잖아. 옷 버려도 갈아입기 쉽고."

채원이가 눈을 반짝반짝 빛내며 말했다.

"얘가 이상한 물건 갖다 놓을 건데?"

내가 턱으로 혜원을 가리키며 말했다.

"걱정 마. 보기 싫은 것 있으면 내가 다 버릴 거야."

채원이가 자신 있게 생긋 웃어 보였다. 채원이는 자기가 말하는 것은 하는 성격이었다. 성진 오빠를 따라서 단시간에 우리 학교에 입학한 것만 봐도 한다면 하는 성격이었다.

"그럼 뭐, 괜찮을 것 같은데. 근데 냉장고가 없네?"

일어선 김에 내가 동아리방을 둘러보며 말했다.

"그치. 거울 하나도 없어."

채원이가 얼른 맞장구를 쳤다.

"넌 돈 많잖아. 네가 사."

혜원이가 뻔뻔스럽게 말했다.

"내가 왜? 회장이 사야지."

웃으며 혜원을 쳐다보았다.

"회장? 누가 회장인데?"

민주가 궁금한 표정으로 아이들을 돌아보며 물었다.

"누구긴. 혜원이지. 보나 마나 동호회 서류에 자기를 회장
으로 신청했을 거야."

"빙고. 역시 혜수."

채원이가 돌아보며 엄지손가락을 들어 보였다.

"누군가 회장은 해야 하잖아."

혜원이가 억울한 표정으로 항변했다.

"맞아. 그러니까 혜원이 네가 회장 해. 그리고 냉장고도 네
가 사. 네가 회장이니까."

"그럴 때만 회장이냐?"

혜원이가 삐진 표정이 되었다.

"당연하지."

"하는 김에 전신거울도."

채원이 책상에 기대서며 말했다. 의자가 모자라 채원이 앉
을 자리가 없었다.

"의자도 더 있어야겠다."

"알았어. 일단 학교에 얘기해 볼게."

혜원이가 투덜거렸다.

"회장이 그렇게 노력한다면 뭐 동호회 하는 것도 나쁘지 않지."

내가 다시 의자에 앉으며 말했다.

"혜수가 괜찮다면 나도."

"애들이 괜찮다면 나도."

유리와 민주도 다시 앉았다.

"동호회 이름이 뭐야?"

"샤먼."

내 질문에 혜원이가 신나서 대답했다.

"싫어. 바꿔."

"왜 오컬트에 잘 어울리잖아, 샤먼."

"샤먼, 무당이잖아. 싫어. 안 그래도 무당인 거 티 안 내려고 하는데."

내가 고개를 저으며 외쳤다. 대학에 와서는 무당인 것을 얘기하지 않고 있었다. 은우 선배에게도 얘기를 안 하고 있는데.

"오컬트면 샤먼이지. 더 센 것들도 많은데 그나마 약한 거거든."

"뭐 다른 거 없냐?"

"그래. 오컬트에 쓰는 것 중에 다른 예쁜 것으로 해도 되잖

아. 뭐 수정구슬이나, 크리스탈 볼 같은 거."

"크리스탈 볼 좋다."

민주의 말에 내가 얼른 맞장구를 쳤다. 크리스탈 볼이 아주 마음에 드는 것은 아니지만 샤먼보다는 나았다.

"난 혜수가 좋다면, 좋아."

유리가 바로 동의했다.

"3 대 1. 채원이 넌?"

"난 사람 많은 쪽."

단번에 승부가 갈렸다.

"그럼 크리스탈 볼이다."

"칫."

혜원이도 툴툴거리지만 그렇게 싫은 표정은 아니었다. 아마도 동아리 신청할 때 더 센 이름을 하려고 했는데 안 된 듯했다.

"유리 너 중간에 시간 빌 때 와 있으면 좋겠다. 다른 데 있기도 그렇잖아."

"아무래도 사람들이 보니까 그렇지."

유리가 좋은 생각인 듯 미소를 지었다.

"내가 뭐 갖다 놨는지 볼래?"

채원의 말에 유리와 민주가 우르르 따라갔다. 둘만 남게 되자 혜원이 내 옆으로 와서 앉았다.

"갑자기 무슨 동아리야?"

"원영이가 집에서 못 하게 하니까 연습할 데가 없잖아. 그렇다고 본가 가려니 멀고."

"여기서 하다 불내면 어떡하려고?"

"학교잖아. 소화기도 있고, 스프링클러도 있고. 거기다 파이어 볼 연습하다가 불냈다고 하면 누가 믿겠냐?"

"안 믿겠지."

나나 원영이면 몰라도 다른 사람에게 파이어 볼 연습하다가 불냈다고 하면 오컬트 동아리다운 허풍이라고 생각할 것이다.

"아저씨만 믿을게요."

내가 노기한을 바라보며 말했다. 노기한은 친구들과 있으니까 잠자코 있다가 내가 사념으로 말을 걸자 깜짝 놀랐다.

"나를? 왜?"

"아저씨가 계약했잖아요, 혜원이랑. 그러니까 쟤가 사고 치면 아저씨 책임인 거죠."

"그렇긴 하지."

노기한이 내 말에 축 늘어졌다. 처음 계약하고는 신이 나 있었는데 며칠간 혜원이에게 시달렸는지 기운이 없어 보였다. 영인데도 얼굴이 전보다 핼쑥해진 것 같았다. 생각해 보니 기한 아저씨가 혜원이를 찾은 게 아니라 혜원이가 기한 아저씨를 소환해서 계약이 이루어진 것이다. 어떻게 보면 불쌍하기도 하지만 그래도 어쩔 수가 없었다. 혜원이가 사고 치게 도와준 것이 기한 아저씨니까.

저녁까지 동아리방에서 수다를 떨다가 나왔다. 문을 잠그고 저녁을 먹으러 가는데 누가 뒤에서 부르는 소리가 들렸다.

"혜수?"

돌아보니 예은 선배였다.

"아, 선배님, 안녕하세요."

"응. 안녕. 그런데 여기는 웬일이야? 여긴 보통은 잘 안 오는 덴데?"

"아, 저희 동아리방이 저기여서요."

손으로 동아리방이 있는 건물 쪽을 가리켰다. 예은 선배는 내가 가리킨 방향을 보고는 고개를 끄덕였다.

"아, 그래."

"그런데 선배님은 어떻게?"

"콩쿨 준비하느라 소강당에서 연습하고 가는 길이야. 음대 실습실이기도 한데 다른 학생들에게 방해되지 않게 떨어져 있잖아."

예은 선배가 뒤쪽의 소강당을 가리키며 말했다. 우리 동아리방이 있는 건물에서 좀 더 들어간 곳에 소강당이 보였다.

"아, 그러시구나."

"지나다 심심하면 와서 들어도 돼."

"네, 한 번 들를게요."

"친구들?"

예은 선배가 애들을 쓱 훑어보며 말했다.

"네."

"반가워. 나 스케줄 있어서 다음에 또 봐."

"네. 다음에 뵈어요."

예은 선배는 우리의 인사를 등에 받으며 총총 걸음을 떼었다.

"너 뭐야? 예은 선배하곤 언제부터 아는 사이야?"

채원이가 옆으로 쓱 다가오며 물었다. 예은 선배와 친근해 보이는 이유가 궁금한 모양이었다.

"저번에 은우 선배랑 같이 봤어. 은우 선배랑 소꿉친구래."

"은우 선배랑? 와, 둘이 같이 있었으면 비주얼 대박이었겠다."

채원이 감탄사를 연발했다.

"거기 내가 끼어 있었던 거 아냐. 성진 오빠한테 소개해 달라고 해. 성진 오빠랑도 아는 사이래."

"나만큼 예쁜 여자는 너희들로 충분해. 더는 사양할래."

채원이가 손을 살랑살랑 내저었다. 이런 성격이라 성진 오빠가 예은 선배랑 아는 것도 얘기 안 했을 것 같았다. 하긴 지난번 예은 선배와 은우 선배와 같이 있다 보니, 주위 사람들의 시선이 둘에게 쏠려 조금은 주눅이 들었던 것도 사실이다. 처음 음악회에서는 사념을 뿜어 거부감이 들었는데 예은 선배를 보다 보니 괜찮은 성격으로 보였다. 괜한 생각인가 하면서도 다시 습관적으로 손가락을 짚어보았다. 그런데 여전히 점괘는 대흉이었다. 요새는 계속 대흉이 나오는데 별다른 일은 생기지 않았다. 신기가 떨어진 것인지 도대체 왜 대흉이 나오는지 알 수가 없는 상황이었다. 점괘는 안 맞지만 부적 사업은 나날이 번창하는 중이었다. 좋으면 되지 뭐, 하고 식당이 있는 쪽을 향해 걸었다.

4월 13일

해수

    망자들로 북적이는 전철역에서 혼자 내렸다. 계단을 내려가 거리로 나섰다. 바람이 불고 있지만 거의 느껴지지 않았다. 마치 투명한 막에 둘러싸여 있는 듯 공기가 정체되어 있다. 사무실이 있는 방향으로 걷다가 커피전문점으로 들어갔다. 여느 때처럼 카운터에서 일하는 사람이 바쁘게 움직이고 있다. 뭘 마실까 하면서 커피를 고르기 시작했다. 이승 생활을 한 뒤로 저승에서는 거의 커피를 마시지 않았다. 이승에서 커피를 마시고 저승에서 마셔보니 아무런 맛이 없었다. 그런데 지난번 노숙자에게 담배를 만들어 주니까 진짜 담배처럼 피우는 것을 보았다. 죽은 지 얼마 안 되어 이승의 기억과 경험을 갖고 있기 때문이다. 나도 이제 커피에 대한 경험이 쌓였으니 나아지지 않았을까 하는 생각이 들었다. 그래서 오랜만에 커피를 한잔 살까 하는 생각에 가게에 들어온 것이다. 커피를 받아 들고는 별 기대 없이 한 모금을 마셨다. 생각보다 괜찮았다. 좋은 커피와는 비교가 되지 않지만 대중적인 카페 수준은 되는 듯했다. 이승에서의 경험이 도움이 된 모양이었다. 커피를 손에 들고 거리를 따라 걸어가며 다른 음식들도 먹어볼까 하는 호기심이 생겼다. 예전에는 마신 적이 없어 술을 마셔도 취하지 않는데, 지난번 여자아이와 같이 마셨으니 이제는 취할까? 이런저런 생각을 하며 사무실이 있는 건물로 들어섰다. 건물 안으로 들어서자 차사들이 분주히 오가는 모습이 보였다. 옆으로 급하게 지나치던 추격팀장을 보고 인사를 했다.

"어, 팀장님 안녕하세요."

내 인사에 추격 팀장이 돌아보았다. 그리곤 오래간만이라 반가워했다.

"해수 차사, 오랜만이네. 사무실에는 무슨 일로?"

"며칠 전부터 신입들 교육을 맡고 있습니다. 그런데 무슨 일이 있나요?"

"어제 혼령을 놓친 경우가 몇 차례 발생했다네. 그래서 바빠진 거지."

추격 팀장이 난감한 표정을 지으며 말했다.

"또요?"

"또라니? 알고 있었나?"

"네. 이틀 전 같은 팀 동료가 혼령을 놓쳤다고 해서 들었습니다. 혼령이 어딘가로 빨려 간 것 같고 흔적도 남지 않아 추격이 어려웠다고."

"흔적이 없는 게 문제일세. 그래서 추격에 어려움이 있네. 신입 교육은 한 지 얼마나 되었나?"

"열흘이 조금 넘었습니다."

"그 정도면 신입 교육을 한동안 다른 사람에게 넘겨도 큰 문제는 없겠군. 이번 일에 이승 경험이 많은 자네 도움이 필요할지도 모르겠네. 자네 팀장에게는 내가 말해두겠네. 혹시 자네 힘이 필요하면 얘기할 테니 도와주게나."

"네. 저도 다니면서 부유령들이 있으면 주의 깊게 보도록 하겠습니다."

"그래 주면 고맙지. 수고하시게."

추격 팀장은 빠르게 걸음을 옮겨 건물 밖으로 나갔다. 엘리베이터를 타고 사무실로 올라갔다. 사무실에 들어서자 역시 어수선했다. 좀 전에 추격 팀장에게 들은 얘기 때문인 듯했다. 민정 차사는 자리에서 커피를 마시며 폰을 보고 있다. 도훈과 자경 차사는 탕비실에서 프린터로 명부를 출력 중이었다. 문규가 한가한 듯 자리에 앉아 컴퓨터 화면을 들여다보고 있었다.

"뭐 하냐?"

"그냥 이것저것."

"들어오다 추격 팀장에게 들었는데 혼령을 놓친 건이 또 생겼다며?"

"덕분에 오늘 하루 한가해졌다는 거 아냐."

문규가 싱긋 웃으며 고개를 들어 나를 쳐다보았다. 그러면서 의자에 기대앉았다.

"원래는 혼령을 놓친 건 때문에 오늘 조사받게 되어 있었거든. 차사가 혼령 놓치는 게 흔한 일이 아니니까."

"신입도 아니고 몇백 년 된 차사가 놓친 데다, 흔적도 안 남았으니 위에서도 심각하게 생각했겠지."

"그치. 그래서 그것 때문에 조사받으려고 일정을 비워뒀는데, 어제 다른 차사들이 혼령을 놓친 건이 세네 건 정도 생겼나 봐. 그것 때문에 오늘 조사는 캔슬. 덕분에 오늘 하루 할 일이 없어졌어."

문규가 따분한지 모니터를 보며 마우스를 만지작거렸다.

"그런데 왜 사무실이야? 화정이한테 안 가고?"

"화정이가 바빠. 오늘 풀로 스케줄이 있대요."

"그러니까 가봐야지."

내 말에 문규가 의아한 표정으로 바라보았다.

"무슨 말이야?"

"일 바쁠 때 가서 도와주면 화정이가 고마워할 거 아냐."

문규의 눈이 번쩍 커졌다. 그제야 내 말이 이해가 된 것 같왔다. 문규는 벌떡 자리에서 일어나 내 손을 잡았다.

"해수야. 넌 정말 좋은 친구야. 나 간다."

문규는 화정에게 점수를 딸 기회라는 생각에 총알같이 밖으로 튀어 나갔다.

"선배님. 준비 다 됐습니다."

어느새 신입 차사들이 다가왔다. 도훈 차사와 자경 차사는 프린트한 명부들을 들고 있다.

"얘기들 들으셨겠지만 그제부터 혼령을 놓치는 일이 있다고 합니다. 다들 주의하면서 해주시기 바랍니다. 혹시 모르니 시간 되기 전에 명부의 이름도 외워두시기 바랍니다."

"네."

"가시죠."

신입 차사들과 함께 사무실을 벗어났다. 전철역을 향해 가는데 마음이 무거웠다. 별일 없어야 할 텐데. 요즘같이 뒤숭숭한 분위기면 여자아이에게 운수를 점쳐봐 달라고 해야 하나 하는 생각이 들었다.

오래된 차사들도 혼령을 분실하는 사태가 발생하다 보니 상황이 해결될 때까지 신입 교육은 최소한으로 진행하라는 지침이 내려왔다. 그래서 신입당 하루 1건만 배정되는 바람에 일이 빨리 끝났다. 일과를 마무리 짓고는 지상으로 내려왔다. 여자아이의 기척을 쫓아보니 학교 안이지만 처음 보는 장소였다. 여자아이의 기척을 따라 계속 움직였다. 학교 뒤쪽 한적한 건물의 사무실이었다. 사쿠라라고 했던 무녀가 사무실의 벽을 따라 결계 작업을 하고, 여자아이는 금줄과 부적들을 들고 아기동자와 입씨름 중이었다.

"그러니까 왜 불편하게 결계를 쳐. 들락거리는 데 불편하게."

아기동자의 입이 대자는 나와 있다.

"문으로 다닐 수 있다고 했잖아. 문으로 다니라니까."

여자아이가 아기동자를 째려보며 말했다.

"무슨 일이냐."

아기동자와 투닥거리느라 여자아이는 내가 오는 것을 못 보았다. 옆으로 다가가며 말을 건네자 그제야 인사를 했다.

"차사님 오셨어요? 아니 개똥이가 문으로 다니라니까 싫다고 해서요."

여자아이가 뿌로통한 표정으로 아기동자를 향해 턱짓을 했다.

"그나저나 여긴 뭐 하는 데야? 결계는 뭐고?"

벽에 결계를 치던 무녀가 나를 보고는 공손하게 인사를 했다. 여자아이가 설명했다.

"여기 저희 동아리방요. 혜원이가 연습할 장소 필요해서 동아리 만들었대요. 여기는 동아리 활동하라고 학교에서 준 방이에요."

"그것 때문에?"

"네. 별일 없을 수도 있지만 혜원이잖아요. 혹시나 해서요. 겸사겸사 주변에 부유령이나 뭐 이상한 영들 모여드는 것도 막을 겸 해서."

여자아이는 손에 든 금줄과 부적들을 들어 보였다. 원영에게서 기한과 혜원이라는 아이가 집에 불을 낼 뻔했다는 얘기를 들었다. 그런 전적이 있는 아이면 미리 대비하는 것도 좋을 것 같았다.

"이상한 놈 들어오면 내가 쫓아버리면 되지. 불편하게 왜 이런 걸 한다고. 어차피 우리가 보이는 건 친구들 중에서는 너랑 혜원이뿐이고. 너희 둘은 우리가 벽으로 들락거리는 거 하루 이틀 본 것도 아니면서. 번거롭게."

아기동자가 또 툴툴거렸다. 여자아이는 그걸 본 척 만 척 했다.

"미리 대비하는 것도 좋지."

"그쵸. 역시 차사님."

여자아이는 내가 제 편을 들어주자 좋아했다. 내심 내가 자기 편을 들어주기를 바랐던 아기동자는 시무룩했다.

"그런데 동아리는 뭐냐?"

"아, 맞다. 차사님은 그런 거 모르시지. 동아리는 취향 맞는 학생들끼리 모여서 취미 활동 같은 거 하는 거예요."

"그거 한다고 학교에서 방도 내주고 그래?"

"뭐 그렇죠."

"그런데 무당집도 아니고 학교 건물에 이렇게 해도 돼?"

내가 방을 쓱 둘러보며 말했다. 벽에 결계를 위한 일본식 금줄과 한국식 금줄이 쳐져 있는 데다 벽과 기둥에 부적들이 붙어 있었다.

"혜원이가 오컬트 동아리로 신청해서 괜찮을 거예요."

"오컬트? 그게 뭔데?"

"귀신, 유령 뭐 그런 거 좋아하는 동아리요. 그래서 부적이나 금줄 같은 거 쳐놔도 오컬트 동아리라서 그러려니 할 거예요."

"이래서는 웬만한 사람들도 안 들어올 거 같다."

"그쵸. 그것도 생각해서 하는 거죠."

그때 문이 열리고 나코라는 구미호가 카트에 가득 짐을 싣고 들어왔다. 그리곤 나를 보더니 인사를 했다.

"혜수, 짐 어디 두면 돼?"

"어, 그건 이쪽."

나코는 여자아이의 말에 따라 방 한쪽에 카트에 실린 짐들을 내려놓기 시작했다. 짐들은 컴퓨터와 프린터, 주사 등 부적을 만드는 장비들이었다. 뒷짐을 진 채 여자아이를 돌아보았다.

"여기서 부적 만들게?"

"네. 아무래도 원영이 집은 거리가 있어서 부적 작업을 저녁이나 주말에 하게 되잖아요. 그러다 보니 개인 시간이 없어서요. 여기서 하면 평일날 강의가 없는 시간에 작업할 수 있잖아요. 그러면 저녁이랑 주말에 작업 안 해도 돼요."

여자아이가 생글거리며 대답했다. 그리곤 나코라는 구미호와 함께 방 한쪽의 테이블에 컴퓨터와 프린터를 설치하기 시작했다. 여자아이는 컴퓨터를 켜 작동되는지 확인하고는 프린터로 부적 몇 장을 출력했다. 그리곤 바로 영기를 불어놓고 벽에 붙였다. 동방 팀장과 수련을 한 뒤로 여자아이는 스스로 영기를 조절할 줄도 알게 되었고, 영기도 더 세졌다. 내가 금줄과 부적이 붙은 벽을 손으로 밀어보았다. 결계와 부적에 막혀 지나가지 못했다.

"오늘은 일찍 끝나셨네요."

"응. 일이 좀 있어서. 개똥아. 잠깐만."

아기동자는 제 편을 들어주지 않은 일에 꿍해 있었는지 불만 가득한 얼굴로 다가왔다. 여자아이에게 들리지 않게 떨어졌다.

"요즘 별다른 일 없었어?"

"별일 없었는데요? 왜요?"

아기동자가 고개를 저었다. 차사가 영을 놓친 게 몇 건 안 되어서인지 지상의 영들은 아무것도 눈치채지 못한 듯했다.

"지난 이틀 동안 차사가 영을 놓친 일이 몇 건 있었다. 신입도 아닌 오래된 차사가 놓친 건이라 저승에서는 심각하게 보고 있고. 문규도 당했어."

내 말에 놀란 듯 아기동자가 눈이 커다래졌다.

"문규 차사님이 대충대충 하시는 것 같아도 영을 놓치거나 할 분은 아닌데."

"문규 말로는 어딘가로 빨려들어 가는 것처럼 순식간에 사라졌다고 한다. 혹여 주변에 못 보던 영들이 보이거나 평소에 보이던 영들이 안 보이는지 잘 살펴보고. 뭐든 의심스러운 게 있으면 얘기해."

"네. 알겠습니다."

아기동자는 상황의 심각함을 깨달았는지 공손히 고개를 숙였다. 그리곤 재빨리 여자아이와 무녀가 치고 있는 결계에 다가가 두들겨보았다.

"불낼 뻔했다는데 이 정도로 되겠어? 더 센 걸로 해야 하는 거 아냐?"

아기동자가 벽들을 돌아보며 잔소리를 했다.

"웬일로 마음 바꿨어? 일단 해놓고 봐서 더 보강하든지."

"영 불안한데."

아기동자는 주먹으로 벽을 두드리더니 뒤로 물러나 힘껏 벽을 향해 날아갔다. 하지만 벽의 결계에 부딪혀 퉁겨나갔다.

"뭐, 그런대로 쓸만하네."

아기동자는 괜찮은 척 얼버무리고는 금세 다른 벽으로 핑 날아갔다. 그런데 그쪽 벽도 결계가 쳐진 곳이라 충돌하며 퉁겨나갔다.

"악! 아씨."

아기동자는 부딪힌 부분이 아픈지 머리를 감싸고 주저앉 았다.

"결계 친 데는 쳤다고 표시를 하든가."

"결계라고 금줄에 부적까지 붙어 있잖아."

"평소 안 봐버릇했는데 그게 보이냐? 더 눈에 확 띄게 벽 색깔이라도 바꾸든지. 우씨."

아기동자는 쭈그려 앉은 채 머리를 만지작거리며 식식거 렸다. 한 번 부딪힌 곳에 다시 부딪혀 많이 아픈 모양이었다. 나도 결계가 마무리가 된 곳을 확인해 보았다. 웬만한 혼령 은 통과하지 못할 정도로 튼튼했다. 여자아이의 말대로 문은 자유로이 드나들 수 있었다. 요즘 같은 상황이면 이곳이 안 전할 수 있겠다는 생각이 들었다.

혜수

철컥, 지잉. 컬러 프린트가 빠른 속도로 부적을 프린트하고 있다. 출력해 나온 부적을 한쪽으로 옮겨 상자에 차곡차곡 넣었다. 오전부터 일을 시작한 탓에 작업 속도에 탄력이 붙었다. 은우 선배와 데이트에 친구들과 놀러 다니느라 며칠 동안 작업을 안 했더니 부쩍 재고가 줄어들어 있었다. 어제는 장비를 옮기고 세팅하느라 시간을 다 보냈다. 어차피 오늘 오전에 강의가 없어 작업하려고 어제 안 한 것도 있다. 동방 팀장님에게 지도를 받은 뒤로 영기가 늘어서 부적에 영기를 불어넣는 작업도 웬만한 양은 혼자서 가능했다. 하지만 오늘은 미리 많이 만들어두려는 생각에 신장들을 호출했다. 신장들이 영기를 불어넣은 부적은 50% 세일 해주니까 무당 언니들도 오케이였다. 오늘은 수요일이라 바쁘지 않은 탓에 간만에 신장들이 모두 집합했다.

"숫자 늘리려고 대충대충 하지 말고 한 장 한 장 정성 들여서 해. 검사해서 불량 하나 나올 때마다 2장씩 차감할 거야."

아기동자는 입에 담배를 물고 부적 작업을 하는 신장들 사이를 누비며 잔소리를 퍼붓고 있다. 불량이라고 해봐야 부족한 영기를 불어넣으면 되었다. 아기동자는 불량을 핑계로 자기가 해야 할 부적 물량을 다른 신장들에게 떠넘기고 있었다.

"형님, 저는 추가 작업도 가능하지 말입니다."

"그거야 네가 주문량이 제일 적으니까 그렇지. 9장이 뭐냐, 9장이. 10장도 아니고."

아기동자는 장군 신장 앞에 놓인 부적을 검사하듯 한 장한 장 들여다보고 있었다. 아기동자의 호통에 장군 신장은 주눅이 든 것 같았다.

"저희는 선입금만 된다고 해서."

"그거야 제니 걔가 신용이 없어서 그런 거잖아."

"그래도 저희만 선입금을."

장군 신장은 아기동자의 눈치를 보며 나를 힐끔거렸다. 내가 장군 신장에게 다가섰다.

"매달 말일 합계 내서 다음 달 15일까지 입금하기로 했잖아. 딴 언니들은 10일 이전에 입금해, 다. 할머니는 5일 이전에 입금해서. 근데 말숙 언니만 안 하는 거야. 작년 것도 아직 다 입금 안 했잖아. 그래서 그런 거지."

나는 일부러 제니 언니라고 안 하고 본명으로 불렀다.

"말숙이라고 하지 마. 하니 화내."

장군 신장이 큰일 날 소리 하지 말라는 듯 손을 내저었다. 아기동자가 그런 장군 신장을 아니꼽다는 듯 바라보았다.

"하니, 뭐?"

"하니입니다. 형님."

"걘 또 바꿨냐?"

"요즘은 K-무당이 인기라고 콘텐츠 싹 다 바꿨지 말입니다. 바꾸는 김에 이름도 같이 하니로 바꿨지 말입니다."

장군 신장은 말숙 언니를 떠올리며 기분이 좋은 듯 히죽 웃었다.

"보나 마나 얼굴까지 싹 갈아엎었겠지. 도대체 너희 할머니는 왜 그런 애에게 내림굿을 해줬대?"

아기동자가 이번에는 내게 구시렁거렸다.

"난 몰라. 할머니 일이니까. 할머니라고 다 맞겠어?"

"하긴. 넌 이것까지 해봐. 내가 순녀한테 얘기해서 몇 장 챙겨줄 테니까."

"넵. 형님. 감사하지 말입니다."

장군 신장은 아기동자의 말에 신이 나서 추가 작업을 시작했다. 그런 장군 신장을 보며 고개를 젓던 아기동자가 빙글 내게 몸을 돌렸다.

"너 몇 시까지라고?"

"애들하고 점심 먹기로 했으니까 11시 30분까지는 괜찮을 거야."

아기동자가 벽에 걸린 시계를 쳐다보았다. 10시가 조금 넘어 있다.

"아직 여유 있네. 오후에는?"

"봐서. 은우 선배 시간이 어떻게 될지 모르고."

"난 걔 별로던데."

아기동자가 시큰둥한 표정으로 말했다. 동아리방을 이리저리 살펴봤지만 지현이가 보이지 않았다. 아기동자가 왜 툴툴거리는지 감이 왔다.

"넌 지현이나 신경 써. 근데 지현이는 왜 안 데려왔어?"

"데려오려고 했는데 안 보여. 어젯밤에는 데려왔었거든. 여기 좋다고 해서 아침에 데리러 갔는데 안 보여. 도서관에도 근처에도. 요즘 도서관 밖으로 좀 나오게 되었다고 여기저기 다니나 봐. 이따 다시 가봐야지."

아기동자는 여친을 못 만난 게 싫은 기색이 역력했다. 불만스럽게 재를 털고 담배를 다시 입에 물었다. 그때 문이 열리며 채원이가 들어섰다.

"뭐 하는 거야?"

채원이가 동아리방을 돌아보며 냅다 소리쳤다. 벽을 따라 쳐진 금줄과 여기저기 붙어있는 부적들, 그리고 커다란 테이블에 펼쳐진 부적들을 보며 펄쩍 뛰고 있었다.

"응? 나 작업하느라고."

"난 동아리방 난리 치는 건 혜원일 줄 알았는데."

채원이가 허탈한 표정으로 동아리방을 둘러보며 중얼거렸다. 채원의 표정에 나도 같이 방안을 돌아보았다. 혜원이가 사고 치는 걸 막기 위해서라고는 하지만 벽에 치덕치덕 금줄을 치고 부적을 붙인 건 너무 과했나 하는 생각이 들었다. 나도 그런 생각이 드는데 혜원이 사고에 대해 모르는 채원이가 보기에 경악할 정도인 듯싶었다. 채원이는 뭔가 생각에 잠긴 듯 벽의 금줄과 부적들을 빤히 쳐다보았다. 얘를 빨리 달래지 않았다가는 프린터고 뭐고 다 버려버릴 듯한 기세였다.

"이거 액운은 막고 행운은 키우는 거야. 중간이랑 밑에 처진 금줄, 저건 사쿠라씨가 한 거야. 완전 일본 전통식으로. 사쿠라씨 비싸서 일본에서 갑부들만 상대한대."

"그래?"

채원이 솔깃한 표정으로 쳐다보았다. 내가 한 게 아니라 사쿠라씨가 한 거고 비싸다는 말에 솔깃한 모양이었다. 채원의 표정 변화에 밀어붙이기로 했다.

"너 내가 부적으로 돈 버는 거 알지?"

"응. 알아."

"저거 다 비싼 거야. 방에 붙인 것만 백만 원이 넘어. 시공까지 하면 천만 원짜리야."

"정말이야?"

채원이가 의심스러운 표정으로 쩨려보았다. 물론 내가 하면 그렇게까지 못 받겠지만 할머니는 그 정도는 받으실 수 있다. 그래서 그냥 뻔뻔하게 밀어붙이기로 했다. 내가 정말이라는 듯 고개를 끄덕이자 채원은 조금 더 풀린 표정이 되었다. 하지만 커다란 테이블에 널린 부적들과 프린터를 보더니 다시 표정이 굳었다. 채원이를 달래기 위해서 팔을 잡았다.

"어차피 간식 내가 다 채울 거잖아."

"뭐로?"

"아이스크림."

채원은 아이스크림이라는 말에 흥미가 당기는 눈치였다. 그래서 내가 먼저 선수를 쳤다.

"베라."

"안 돼. 하겐."

"콜."

프리미엄 아이스크림으로 채원을 달래놓고는 테이블에 널린 부적들 중 영기가 주입된 부적들은 챙기고 새 부적들을 늘어놓기 시작했다. 신장은 영이다 보니 부적을 옮기거나 하지는 못한다. 그런 신장들을 대신해 부적들을 늘어놓는 것을 채원이가 보더니 의아한 표정이 되었다.

"뭐야? 지금 뭐 하는 거야?"

"응? 아냐. 아무것도."

"지금 치운 건 뭐고, 다시 놓는 건 뭐야?"

채원이가 미심쩍은 얼굴로 되물었다. 채원에게는 신장이나 귀신이나 무서운 것은 마찬가지였다. 여기 신장들이 있다고 했다가는 지금껏 달래고 어른 것들이 다 날아갈 판이었다. 얼른 둘러대기 시작했다.

"이거 잉크 마르라고. 아까 펼쳐서 잉크 다 마른 건 걷어내고, 새로 찍은 건 잉크 마르라고 펼쳐둔 거야."

"아."

채원은 내 설명에 그렇냐는 듯 고개를 끄덕였다. 레이저니까 잉크 말릴 일은 없지만 어쨌든 넘겼으니 다행이었다. 오늘 운수가 대흉인데 쉽게 넘어가는 듯했다. 요즘은 계속해서 대흉이라 그러려니 하는 중이었다. 그때 큰 소리를 내며 문이 열렸다.

"와! 대박!"

혜원이가 커다란 소리를 지르며 뛰어 들어왔다. 아, 혜원이가 있었지. 오늘 운세는 대흉이 맞았다. 노기한이 혜원의 뒤를 따라 들어섰다. 노기한은 아기동자와 신장들을 보자 90도로 고개를 숙이며 인사를 했다.

"선배님들 안녕하십니까."

"너도 이리 와서 작업해."

아기동자가 담배를 입에 물고 손가락을 까딱거리며 노기한을 불렀다. 노기한은 아기동자의 말에 재빨리 테이블로 달려가 작업에 합류했다.

"야, 잠깐."

혜원이의 팔을 툭 쳤다. 혜원이가 눈치 없이 신장들 얘기를 했다가는 지금까지 채원이를 달래놓은 것이 다 물거품이 될 판이었다. 힐끔 뒤를 보자 다행히 채원이는 캐비닛의 거울을 들여다보며 화장을 고치는 중이었다.

"뭐?"

"너 신장들 있는 거 채원이한테는 얘기하지 마."

"왜?"

혜원이는 연신 부적 작업하는 신장들이 신기한지 힐끔거리며 대답했다.

"왜는, 신장이고 귀신이고 바글거린다면 채원이 쟤가 가만있겠냐? 다 버리고 난리 나겠지."

"좋아. 대신 한우."

"언제?"

"오늘 저녁."

오늘 저녁은 은우 선배와 데이트 약속이 있다.

"안 돼. 약속 있어."

"그럼 점심. 어차피 같이 먹기로 했잖아."

"점심부터 한우?"

"싫음 말고. 채원이한테 얘기한다."

"알았어. 점심."

휴, 머리를 내저으며 안도의 한숨을 내쉬었다. 동아리방에서 부적 작업하는 것 때문에 프리미엄 아이스크림과 한우를 사게 되었다. 용돈을 받는 입장이라면 지출이 크겠지만 내게는 그저 그런 정도였다. 어차피 나도 같이 먹을 거라 그렇게 아깝지는 않았다. 혜원이가 잘 먹기는 하지만 다른 애들은 한우라도 점심이라 그렇게 많이 먹지는 못할 것이다. 저녁에 은우 선배와 데이트를 생각하면 점심에 미리 많이 먹어두는 것도 괜찮을 듯싶었다. 동아리 결성 기념으로 한턱 쏜다고 생각하면 못 할 것도 없었다. 아니 학교 안에서 부적 작업할 사무실을 얻은 걸로 생각하면 오히려 싸게 먹히는 것이다.

은우 선배와 저녁을 먹고 같이 캠퍼스를 산책했다. 가로등 불빛을 받은 나무의 새싹들이 바람에 흔들렸다. 차사님은 바쁜 일이 있다고 늦게나 오신다고 했다. 부적 작업이 힘들었는지 아기동자와 신장들은 보이지 않았다. 혹시나 해서 돌아보는데 지현이도 안 보였다.

테이크 아웃한 커피를 들고 한적한 캠퍼스의 가로등 아래를 걸으며 얘기하니까 분위기가 좋았다. 가로등 불빛에 은우 선배의 얼굴이 더 잘생겨 보였다. 나도 모르게 가슴이 뛰었다. 한적한 길로 걷다 보니 저만큼 앞에 소강당이 보였다. 멀리서 플루트 소리가 들려왔다. 예은 선배가 연습한다고 했었는데, 오늘도 하나?

"선배, 이 소리 들리죠? 플루트 소리."

"응. 들려. 소강당에 누가 있나 보네?"

"예은 선배가 소강당에서 연습하신다고 하던데, 예은 선밴가? 선배, 한 번 가 볼까요?"

"연습하는데 방해되지 않을까?"

"지난번 봤을 때 와서 들어도 괜찮다고 하셨어요. 우리 가봐요. 예은 선밴지."

"그래."

은우 선배와 같이 소강당으로 향했다. 가까이 갈수록 플루트 소리가 선명해졌다. 클래식 곡인 것 같은데 밤에 들으니 괜찮았다. 플루트 소리를 따라가자 소강당 메인홀이 나왔다. 무대에 조명 하나만 켜져 있고 캐주얼 차림의 예은 선배가 긴 금발을 늘어뜨린 채 플루트를 불고 있다. 사람이 없어서인지 실내가 썰렁했다. 나와 은우 선배는 소리 내지 않게 조심하면서 객석 중앙에 있는 자리에 앉았다. 함께 나란히 앉아 있으니 둘만의 음악회에 온 느낌이 들었다. 연주가 계속 이어졌다. 그리고 조금 후 예은 선배는 플루트 소리를 길게 끌며 곡을 마무리했다. 그리곤 연주하는 동안 감았던 눈을 뜨더니 나와 은우 선배를 보고는 싱긋 웃었다.

"거기 두 분. 연주를 들었으면 박수라도 쳐주세요."

예은 선배의 요청에 나와 은우 선배가 박수를 쳤다. 예은 선배는 무대에서 우리를 향해 가볍게 고개를 숙였다.

"연습하는데 방해한 거 아냐?"

"아니, 콩쿨 준비인데 관객이 있는 게 좋지. 30분 정도 더 연습할 거야. 같은 곡을 반복하기도 할 건데 괜찮아?"

예은 선배는 은우 선배의 말에 웃으며 대답했다. 조명에 예은 선배의 금발과 플루트가 반짝였다.

"그냥 듣는데 저희야 뭐든 감사하죠. 부탁해요. 선배님."

"끝나고 커피?"

"OK."

예은 선배가 플루트를 들어 올리고는 자세를 잡았다. 그 모습에서 카페에서나 길가에서 본 것과는 다른 카리스마가 느껴졌다. 예은 선배는 호흡을 가다듬더니 눈을 감고 연주를 시작했다. 플루트 소리가 강당 안을 가득 메웠다. 나와 은우 선배는 의자에 편하게 기대앉았다. 플루트 소리에 저절로 눈이 감겼다. 연주가 계속 이어지자 플루트 소리에 사념이 느껴졌다. 하지만 전과 달리 거부감이 생기거나 하지는 않았다. 연주회 때 예은 선배를 처음 보고는 예상 못 한 사념이라 경계했지만, 지금은 예은 선배와 어느 정도 친분도 있고, 예은 선배의 연주에 감정을 증폭하는 사념이 실려 있는 것을 알고 있어서인지 거부감이 거의 없어졌다. 그런 거부감 없이 들으니 연주에 실린 사념이 곡에 대한 감정을 더 풍부하게 해주었다. 나도 모르게 스르르 머리를 은우 선배의 어깨에 기댔다. 은우 선배의 어깨에 머리를 기대니 행복한 기분이 들었다. 로맨스 영화나 드라마에서 왜 시간이 이대로 멈췄으면 하는지 알 것 같았다. 그런 내 맘을 알기라도 한 것처럼 플루트 소리가 나와 은우 선배를 부드럽게 감싸며 지나갔다.

해수

아침에 전화로 팀장에게 호출을 받았다. 바쁘게 서둘러 사무실이 있는 건물에 도착했다. 어제 늦게까지 돌아다녀 봤지만, 사라진 혼령들에 대한 단서를 찾을 수가 없었다. 단서를 찾아다니는 동안 혼령을 놓쳐 찾으러 다니는 차사들과 마주치기도 했다. 모두 낯빛이 어두웠고 우왕좌왕 혼란스러운 모습이었다. 어제는 제법 많은 수의 혼령을 놓친 것 같았다. 아기동자와 신장들은 여자아이의 부적 작업을 하느라 결계가 쳐진 사무실에만 있어 무슨 일이 있었는지 모르고 있었다. 원인이 결계 때문인지, 신장들이어서인지는 모르겠지만 혼령들이 빨려간 일에 영향을 받지는 않았다.

사무실로 들어서자 팀장이 기다리고 있었던 듯 곧바로 자리에서 일어섰다. 팀장을 따라 즉시 사무실을 나와 엘리베이터로 향했다. 팀장과 같이 대회의실로 들어가자 미리 와 있던 다른 팀장들이 인사를 했다. 팀장과 함께 자리에 앉자 추격 팀장과 조사 팀장, 그리고 팀원들 몇이 들어와 자리를 잡았다. 추격 팀원이 앞으로 나와 브리핑을 시작했다.

"현재 벌어지고 있는 사건에 대한 대책 회의를 시작하겠습니다."

회의실 벽면에 날짜와 수치, 날짜와 숫자가 표시된 지도 등이 나타났다.

"지난 11일부터 발생한 혼령을 놓치는 사건에 대해 다들 아시리라 생각됩니다. 해당 사건은 저승의 상층부에서도 심각하게 받아들이고 있다고 합니다. 이런 현상이 장기간 계속되는 데 대한 우려도 조심스럽게 제기되고 있습니다."

추격 팀원이 굳은 표정으로 좌중을 둘러보았다.

"11일부터 어제까지 놓친 혼령들의 숫자입니다. 날이 갈수록 숫자가 급격하게 늘어나고 있습니다. 또한 혼령을 놓치는 사건이 발생하는 지역과 시간대도 날이 갈수록 더 넓어지고 있습니다."

추격 팀원이 건조한 목소리로 설명했다. 팀원의 말대로 표시된 숫자에 따르면 11일에는 1건이었던 것이 어제는 43건으로 급격하게 늘었다. 지금까지 전체 건수가 70건에 달했다. 이렇게 많은 혼령이 사라졌는데 아무런 흔적도 없고, 사라진 혼령 중 하나도 채 발견되지 않았다는 것이 더 놀라웠다. 그나마 다행인 건 다른 지역에서는 혼령들을 놓치는 사건이 발생하지 않고 있다는 것이었다. 사건의 발생 위치가 표시된 지도에 따르면 사건은 한 도시에서만 일어나고 있었다.

"현장 모습입니다. 보시는 것처럼 아무런 흔적도 남아 있지 않습니다. 혼령이 뚫고 지나간 건물에서도 아무런 흔적을 찾을 수 없었습니다. 또한 혼령이 사라진 방향을 따라가며 조사를 했지만, 아무런 단서도 찾을 수 없었습니다."

표시된 위치에 혼령이 사라진 방향을 보여주는 선들이 그어졌다. 서로 교차하는 선들도 있었지만 대부분이 무작위로 그어진 것 같은 선들이었다.

"현재까지 놓친 혼령이 발견되거나, 해당 혼령들에 관련된 어떠한 단서도 확인되지 않고 있습니다. 일단은 해당 사건으로 놓친 혼령들이 자신의 의지로 사라진 것이 아니므로, 해당 혼령들에 대한 명칭이나 취급 방식은 종전대로 일반 혼령으로 호칭하고 그에 대한 방식으로 취급하도록 유지되고 있습니다. 여러 차사님께서도 별도의 지시가 있기 전까지는 해당 혼령들을 일반 혼령으로 대하여주시기를 바랍니다. 추격팀에서 보고할 사항은 여기까지입니다."

추격 팀원이 인사를 하고 자리에 앉았다. 조사 팀장 옆에 앉아 있던 안경을 쓴 팀원이 앞으로 나왔다.

"현재까지 조사팀에서 확인된 정보들을 보여드리도록 하겠습니다. 먼저 혼령을 놓친 사건들이 발생한 위치입니다."

조사 팀원이 손으로 가리키자 벽면에 표시된 지도 위에 점들이 나타났다.

"저희가 조사한 바로는 혼령을 놓치는 사건은 도시에서만 발생하는 것으로 확인되었습니다. 발생 위치는 서울 전역에 걸쳐 발생하고 있으며, 발생 건수가 많은 지역은 해당 사건이 발생하는 시각에 사망자가 많았던 지역으로 확인되었습니다. 현재까지 서울을 제외한 지역에서는 혼령을 놓친 사례는 보고되지 않고 있습니다. 타 국가나 대륙을 관할하는 부처에 문의해 본 결과 타 국가나 대륙에서는 혼령을 놓친 사례는 보고되지 않았다고 합니다. 따라서 현재 발생하고 있는 사건은 서울 지역에 국한한 것으로 확인되었으며, 그 원인 역시 서울 지역 내에 있을 것으로 추측하고 있습니다. 다음으로 사건들이 발생한 시각입니다."

지도에 표시된 점들에 날짜와 시간이 표시되었다. 그리고 지도 옆에 날짜별 발생 건수가 그래프로 표시되어 있다.

"11일부터 발생한 사건들은 날이 갈수록 증가하는 추세를 보이고 있습니다. 발생하는 시각도 더 자주 다양해지고 있습니다. 어제와 오늘의 경우 심야 시간이 아닌 전 시간대에 걸쳐 불규칙한 방향으로 발생하고 있습니다. 다음은 혼령이 사라진 방향입니다."

조사 팀원의 설명에 이어 지도의 점들로부터 선들이 그어졌다. 서로 겹치는 선들도 있었지만, 특정한 방향을 향하지 않고 불규칙한 방향으로 그어져 나갔다.

"보시다시피 혼령들이 사라진 방향이 일정하지 않습니다. 특정한 방향을 향하지 않을 수도 있겠지만 그렇다고 해도 그 방향이 너무 일정하지 않습니다. 비슷한 시간대에 발생한 사건들에서도 혼령이 사라진 방향이 각기 다른 것으로 조사되었습니다."

지도에 그어졌던 선들이 사라지고 비슷한 시간대에 발생한 사건들을 표시한 점에 선들이 표시되었다.

"사건의 발생 원인이 하나가 아니고 놓친 혼령들이 같은 장소를 향하지 않을 가능성도 있습니다. 하지만 그렇게 보기에는 사건이 발생한 시간 간격이나 혼령이 사라진 방향이 너무 규칙성이 없습니다. 마치 사건에 대한 조사에 혼란을 주기 위해 일부러 규칙성이 없게 보이려고 한 것 같은 생각이 들 정도입니다. 이러한 연유로 우리 조사팀에서는 해당 사건의 원인이 자연적이기보다는 인위적일 가능성이 더 큰 것으로 추측하고 있습니다. 특히 사건 발생 시간이 심야 시간을 제외하고 발생하는 것으로 보아 이승에 살아있는 인간이 관여되었을 확률이 높은 것으로 추정하고 있습니다. 아울러 해당 사건을 조사하는 과정에서 사망자의 혼령만이 아닌 사건 발생 지역대에 있던 다수의 부유령과 지박령들도 사라진 것으로 확인되었습니다."

조사 팀원의 설명에 따라 지도에 더 많은 점이 표시되었다. 지도 옆의 그래프 숫자들도 변했다. 그래프에 최종 표시된 숫자들에 따르면 사라진 영들의 숫자는 200명에 육박하고 있다.

"상부에서는 현재 상황의 심각성을 인지하고 혼령 인도 업무에 대한 가이드를 마련하였습니다. 각 팀장님께서는 팀원들에게 해당 내용을 전달하시고, 업무에 차질이 없도록 지도하여 주시기를 바랍니다."

조사 팀원이 화면에 가이드 내용을 띄웠다.

"오늘부터 3인 이상의 차사들이 한 조로 편성되어 혼령 인도 업무를 진행하게 됩니다. 혼령의 호명 시 복수의 차사가 동시에 호명하여 구속력을 높이며, 회수한 혼령은 즉시 저승으로 인도하도록 합니다. 혼령의 즉시 인도까지 고려하면 1개 조의 구성 인원을 4인으로 하여주실 것을 권장해 드립니다. 하나의 혼령을 인도하는 데 여러 명의 차사가 동원되는 관계로 업무량이 대폭 증가합니다. 하지만 현재 혼령을 놓치는 건수의 증가세가 급격하여, 이 이상 문제가 발생하면 천기가 흔들릴 우려가 있어서, 힘드시더라도 당분간 해당 형태를 유지하여 운영해 주시기를 바랍니다. 해당 기간 업무 과중에 대한 부담을 줄이기 위해 추격팀도 혼령 인도 업무를 지원하게 됩니다."

여러 명의 차사를 조로 묶어야 한다는 말에 팀장들이 곤란한 표정이 되었다. 그러나 천기가 흔들릴 수 있다는 말에 점차 심각한 표정으로 변했다. 추격팀이 지원한다는 말에 그제야 반색하는 분위기였다.

"해당 기간 혼령을 놓치는 사건이 발생하면 혼령이 사라지는 방향과 가까운 위치의 차사들이 혼령을 최대한 추격하며 회수하도록 노력해 주시기를 바랍니다. 다만 업무량이 늘어나는 관계로 혼령을 완전히 놓치면 너무 오랫동안 찾지 마시고, 다음 업무를 진행하도록 안내해 주시기를 바랍니다. 상부의 지시 사항은 여기까지입니다. 추격팀과 조사팀을 제외한 팀장님들께서는 팀원들에게 해당 내용들을 전달해 주시고 업무에 복귀해 주시기를 바랍니다."

조사 팀원의 안내에 팀장들이 자리에서 일어섰다. 나도 팀장을 따라 회의실을 나서려는데 조사 팀장이 손짓으로 불렀다. 팀장이 그걸 보고는 남아 있으라고 고갯짓했다. 나는 조사 팀장의 옆으로 가 앉았다.

"해수 차사 덕분에 다른 영들이 사라진 것이라도 알 수 있었네. 수고했네."

조사 팀장이 내게 고개를 끄덕였다.

"아뇨. 저도 들은 것을 확인하기만 했는데요."

어제 혼령을 놓친 일을 조사하다가 아기동자에게 들은 얘기가 생각나서 확인해 보았다. 아기동자는 친하게 지내는 지박령이 있었는데 사라지고 찾을 수가 없다고 했다. 그 일이 이상해서 신장들과 함께 이전에 본 적 있는 지박령과 부유령들을 찾아봤더니 역시 모두 사라지고 없었다고 했다. 신장들의 말을 듣고 난 뒤 동방 팀장에게 망자의 혼령만이 아니라 지박령과 부유령들까지 사라졌다고 보고했었다. 그 보고가 올라간 뒤 추격팀에서 서울 전체를 대상으로 확인해 보니 지박령과 부유령 또한 없어진 걸 발견한 것이다. 이 일도 역시 서울 이외 지역에서는 발견되지 않고 있다.

"이번 사건을 조사하다 보니 그동안 우리가 이승에 대해 너무 모르고 있었다는 생각이 들더군. 신장과 교류도 없었고. 앞으로를 위해서 이승에 대한 시스템을 구축할 필요가 있겠어. 그나마 해수 차사가 있어서 다행이었네."

옆에 있던 추격 팀장이 칭찬했다. 여자아이의 일로 오랫동안 차사 일을 하지 않아 저승에 피해를 끼치고 있는 것이 아닌가 하던 차에 도움이 되었다니 마음이 놓였다.

"우리야 이승과 저승을 오가지만 신장들은 이승에 머물고 있으니, 교류가 없을 수밖에 없지. 요즘 친구들이야 SNS 같은 것으로 교류가 있겠지만 우리는 그나마도 안 하니."

조사 팀장이 미소를 지어 보였다.

"우리도 가봐야지."

"그래야지. 할 일이 산더미네. 자네 팀장에게는 나와 동방 팀장이 말해뒀으니까 해수 차사는 이번 사건 조사에 전념해 주게."

"네, 알겠습니다."

추격 팀장과 동방 팀장은 자리를 정리하고 일어섰다. 팀장들을 따라 나도 일어났다.

저승에서 내려와 보니 여자아이는 강의 중이었다. 이전에 비해 강의를 빼먹지 않는 것이 사귀는 남자가 같은 과라서 그런 모양이었다. 어쩌면 이런 면으로는 남자를 사귀는 게 도움이 되기는 하는 것 같았다. 강의실 밖의 나무에서 여자 아이를 지키던 아기동자가 날 보고 인사를 했다.

"차사님 오셨어요?"

"수고한다. 별다른 일은 없고?"

"네."

아기동자는 여자아이에게 시선을 둔 채 담뱃재를 털며 대답했다.

"여기 학교만이 아니라 서울 전체에서 부유령과 지박령들이 사라졌다고 한다. 네가 찾던 지박령도 같이 사라진 모양이다."

"도대체 무슨 일이죠? 걔한테 무슨 일 생긴 거 아닐까요?"

아기동자가 초조한 얼굴로 발을 동동 굴렀다.

"나도 거기까진. 위에서도 심각한 문제로 생각하고, 조사하고 있으니 조만간 뭐라도 나오겠지. 소식 있으면 알려줄게."

"네."

"난 다른 데 돌아봐야겠다. 무슨 일 있으면 바로 연락하고."

"네. 수고하세요."

아기동자의 배웅을 받으며 이동했다. 어딜 갈까, 하다가 일단 원영의 집부터 가기로 했다. 집에 도착해 보니 원영은 혼자 거실에서 책을 읽고 있었다. 나를 보고 반갑게 인사했다.

"오셨어요."

"그래. 요새 벌어지는 일에 관해 얘기 들었지?"

"네. 개똥이에게서 혼령들이 사라졌다는 얘기는 들었어요."

원영이가 책을 테이블에 내려놓으며 말했다.

"혹시 거기 대해 뭔가 알거나 의심되는 것이 있나?"

"관련이 있다고 얘기하기는 그렇지만."

원영은 잠시 망설이는 것처럼 말을 멈추었다가 이내 얘기를 시작했다.

"차사님 혹시 옛날에 피리 소리로 아이들을 조종해서 데려간 얘기 들어보셨어요?"

"피리로 사람을?"

내가 고개를 저었다. 오랫동안 차사 일을 했지만 피리 소리로 사람을 조종한 일은 들어본 적이 없었다.

"오래전 독일 쪽에서 있었던 일인데 어떤 남자가 피리 소리로 마을 아이들을 조종해서 데려간 일이 있었어요. 사람들에게는 동화로 전해지고 있는데, 실제로 있었던 일이에요. 아버지가 그 얘기를 듣고 피리를 찾아다녔던 일이 있었거든요."

"신기하긴 하네. 그런데 그것과 요 며칠간 혼령들이 사라진 일과 무슨 상관이지?"

나는 머리를 갸웃하며 원영을 바라보았다. 피리로 아이들을 조종했다는 얘기가 신기하기는 했지만, 옛날 멀리 떨어진 곳에서 벌어진 일과 이번 일이 무슨 상관인지 이해가 안 되었다.

"며칠 전 혜수 언니 학교 음악회를 갔었는데 플루트라는 피리 종류인 악기에 사념을 실어 연주하는 사람을 봤어요."

"그 사람이 플루트라는 악기 소리로 사람을 조종했나?"

악기 소리에 사념을 실을 수 있다면, 그 소리로 사람이나 혼령을 조종하는 일도 가능하다. 그냥 들었으면 혹시 가능성이 있겠다고 하는 정도겠지만, 피리 소리로 아이들을 조종한 사람이 있었다는 얘기를 들은 뒤라 남 일 같지 않았다. 필시 혼령들의 일과 관련되었을 가능성이 크다는 생각이 들었다.

"아뇨. 그랬으면 저나 혜수 언니가 가만 안 있었죠. 조종하거나 하지는 않고 음악을 들으면서 느끼는 감정을 더 강하게 하는 정도였어요. 그래도 혹시 연관이 있을 수 있지 않나 해서 말씀드리는 거예요."

"단정 짓기는 힘들지만 그렇다고 상관이 없다고 할 수도 없겠구나."

생각에 잠겨 턱을 어루만지며 말했다. 왜 원영이 옛날얘기를 했는지, 얘기하는 것을 머뭇거렸는지 이해가 되었다. 옛날 일이 있으니, 가능성은 있지만 사람이나 혼령을 조종하는 것을 본 것은 아니니 애매했다.

"자세한 건 혜수 언니랑 나코 언니 다 같이 들었으니까 이따 들어오면 물어볼게요. 저는 그날 잠깐 들은 것뿐이라."

"그래야겠구나. 혜수는 언제 들어온대?"

"아마 늦을 거예요. 데이트 있다고 했거든요."

"요즘 만나는 그 남자아이와?"

"네."

원영이 방긋 웃었다.

"남자가 곱상하게만 생겨 가지곤. 그런 애 어디가 좋다고."

"어머, 차사님. 요즘은 그런 스타일이 인기예요."

"그러냐?"

“그럼요.”

“어디서 뭐 하나 가 보기나 해야겠다. 나중에 보자.”

“네. 다녀오세요.”

원영이 현관까지 따라 나오며 배웅했다. 파릇파릇 신록으로 번지고 있는 정원을 지나쳐 집을 나섰다. 봄날 오후의 햇살이 화사하게 퍼지고 있다. 저승의 봄보다 확실히 이승의 봄은 환하다. 눈이 부시다. 아마도 산 사람들이 풍기는 생생한 생기 때문이리라. 반짝이고 눈이 부시게 하는 생기. 아차, 하며 학교가 있는 쪽으로 서둘러 날아갔다. 하지 말라고 했지만 여자아이는 잔소리를 안 들으려고 결계를 치고 있을 게 분명했다. 그렇더라도 멀리서나마 지켜보자고 생각했다.

4월 16일

혜수

  며칠 만에 동아리방은 친구들의 아지트가 되어버렸다. 처음에는 아무것도 없이 썰렁했는데 혜원이가 학교에서 지원받은 대형 냉장고를 시작으로 내가 부적 작업을 위해 갖다 놓은 장비들과 채원이가 메이크업 공간으로 쓴다고 전신거울을 비롯해 자잘한 소품들을 채워놓으면서 제법 그럴싸한 공간으로 변했다. 그런데 채원이가 필요하다는 물건들은 다 내가 산 것들이다. 사실 부적 작업을 원활히 하려면 채원의 불만을 재우는 것이 최우선이었다. 시간이 날 때마다 집으로 달려가지 않고 학교에서 부적 작업을 할 수 있는 것은 시간 면에서나 비용 면에서나 큰 이득이었다.

  캐비닛 서랍에 넣어둔 부적을 보고는 고개를 끄덕였다. 동아리방에서 부적 작업을 하는 덕에 재고 물량에 여유가 있다. 엊그제 주문한 재료들도 배달이 되어 오늘 작업을 하면 이번 달은 작업하지 않아도 될 정도였다. 동아리방의 간식과 채원에게 들어간 것의 몇십 배의 수입이 되는 물량이었다. 요즘 컨디션도 좋고 해서 추가로 더 만들어두려고 작업하는데 아기동자가 투덜거리며 들어왔다.

"장군이 아직 안 왔어?"

"아니. 못 봤는데. 오기로 했어?"

"얘는 어떻게 된 거야? 미리 와 있으라니까."

아기동자는 불만이 가득한 표정으로 담배를 꺼내 물었다.

"무슨 일 있어?"

"아니, 지현이. 며칠 전부터 도통 안 보여서 찾아보려고 장군이 오라고 했지. 안 그래도 차사님 말씀도 있고 해서 뒤숭숭한데. 장군이 얘까지 어디 간 거야."

"무슨 말씀?"

나는 고개를 들고 아기동자를 바라보았다.

"아니, 요 며칠 차사가 혼령들을 놓치는 일이 있었대. 그래서 애들하고 돌아봤더니 지현이만 아니라 근처에 보이던 부유령이나 지박령들이 다 안 보이더라고. 다른 동네도 다 마찬가지고."

아기동자는 답답한지 얼굴을 찡그리며 후, 하고 연기를 뿜었다.

"지현이한테 무슨 일이 생긴 거 같아 뒤져보려고 장군이 오라고 했는데, 얘는 뭐 하느라 아직 안 오는 거야. 제닝지

하닌지 일도 없는데."

"그런 일이 있었는데 왜 너에게만 얘기하고 나한테는 아무 말 없으셨지?"

해수 차사가 아기동자에게만 얘기하고 나한테는 얘기를 안 한 것이 조금 서운했다.

"얘기 안 하시는 게 당연하지. 넌 사람이잖아."

"그게 뭐?"

"이건 혼령, 그러니까 저승 일이잖아. 살아 있는 사람 일이 아니니까 얘기 안 하신 거지."

아기동자가 뻔한 거 아니겠어 하는 눈으로 쳐다보았다. 물론 아기동자의 말이 맞지만 그래도 지금까지 같이한 것들을 생각하면 섭섭했다. 그래서 나도 모르게 입이 부루퉁해졌다.

"내가 도와줄 수도 있잖아."

"네가? 영 찾는 걸?"

아기동자가 내 말이 우습다는 듯 코웃음을 쳤다.

"너 땅속에 들어갈 수 있어? 닫힌 방도 못 들어가면서."

"그거야."

아기동자의 말에 딴청을 피웠다.

"못 들어가는 건 그렇다고 쳐. 그럼 그 안에 있는 영은 알아볼 수 있어? 설령 알아본다고 해도 어떻게 연락할 건데? 너 나나 차사님한테 전화 돼? 이제 왜 차사님이 너에게 말 안 하셨는지 알겠어?"

"아니. 그게….'"

아기동자의 말을 부정하고 싶었지만, 마땅한 말이 떠오르지 않았다. 아기동자는 허공에 짧은 다리를 꼬고 앉아 담뱃재를 털며 나를 내려다보았다. 동방 팀장님께 지도받고 영기도 많이 늘어나고 수련도 능숙해졌다고 자신하고 있었는데, 나는 살아 있는 무당이고 해수 차사는 저승사자라는 둘 사이의 간격이 크게 다가왔다.

"뭐, 네가 무당으로 악령과 싸우는 건 잘해. 부적도 효과 좋고. 영기도 너희 할머니보다 더 많아. 쓰기도 잘 쓰고. 그렇다고 네가 사라진 영을 찾거나 하는 걸 할 정도는 아니거든. 나도 네가 같이 찾아주면 고맙기는 하지만 우리가 못 찾은 것을 네가 찾을 거라고는 생각하지 않거든. 아무래도 넌 살아 있는 인간이니까. 차사님도 그렇게 생각하실 거야. 그래서 네게는 얘기 안 하셨을 거야."

아기동자가 기죽어 있는 날 보더니 달래주려는 듯 말했다.

"늦었습니다. 형님."

그때 장군 신장이 뒷머리를 긁적이며 문으로 들어섰다.

"넌 뭐 하느라 늦었어? 안 그래도 지현이 때문에 심란해 죽겠는데."

아기동자의 호통에 장군 신장이 절절맸다.

"아니 그게 미리 일찍 나왔는데 말입니다. 어떻게 된 건지 모르겠지만 정신 차려보니 지금이지 말입니다."

"무슨 소리야?"

"말 그대로입니다. 학교에 들어서고 정신 차려보니 시간이 훌쩍 지나갔단 말입니다."

장군 신장이 당황한 듯 손을 내저었다. 아기동자는 못마땅한 표정으로 장군 신장의 위아래를 훑어보았다.

"너 술 마셨냐?"

"아닙니다. 형님. 제가 술 마시는 거 하니가 싫어하지 말입니다."

"걔는 저 할 거 다 하면서, 너희는 거꾸로 된 거 아냐? 보통은 신장이 무당한테 뭘 못 하게 하지 무당이 신장한테 뭐 하지 말라고 하는 거 아니거든."

"저는 이게 좋지 말입니다."

장군 신장이 좋아서 히죽거렸다. 그 모습이 기가 막힌 듯 아기동자가 혀를 찼다. 그리곤 피던 담배를 끄고 일어섰다.

"가자. 지현이나 찾아보자."

"넵. 형님."

아기동자의 말에 장군이 얼른 따라나섰다.

"혹시 모르니 너도 뭐라도 보면 얘기해줘."

아기동자가 문을 나서려다 말고 뒤를 돌아보며 말했다. 내가 알았다는 듯 아기동자의 말에 손을 흔들어 보였다. 폰의 알람이 울려 보니 강의 들어갈 시간이었다. 나는 하던 일을 정리하고 교재를 챙겨 동아리방을 나왔다.

　은우 선배와 같이 석양이 내리는 캠퍼스를 산책했다. 붉은 노을이 물든 벚꽃이 예뻤다. 가로등이 하나둘 켜졌다. 금요일 저녁이라 오가는 학생들이 적었다. 간혹 지나가는 학생들도 교문을 향해 빠르게 걸음을 옮겼다. 오늘은 친구들도 개인 일정으로 제각각이었다. 유리는 신곡 준비 작업에 돌입했고, 채원이는 데이트, 민주는 과 친구들과 놀러 갔다. 혜원이는 동아리방에서 수련 중이었다. 결계와 부적 덕분에 혜원이가 하는 정도는 동아리방에서 벗어나지 않았다. 불이 난다거나 하는 문제도 생기지 않았다. 혜원의 수련으로 생기는 문제라고는 기한 아저씨가 고생하는 것 정도였다. 혜원의 파이어 볼에 여기저기 그슬려 다녔다. 혜원과 계약 관계니 어쩔 수 없을 것이다. 별문제가 없다는 것을 알게 된 혜원이는 매일 저녁이면 동아리방에서 기한 아저씨와 같이 수련했다. 저녁 시간은 나뿐만 아니라 다른 친구들도 집에 가거나 개인 일정이 대부분이라 동아리방은 혜원의 독차지였다. 나는 대신 부적과 장비들을 넣어두는 캐비닛 안쪽에 방어 부적을 단단히 붙여놓았다.

"아직 꽃이 많이 있네."

은우 선배의 말에 고개를 들어보니 가로등 불빛에 비친 벚꽃들이 보였다. 한창때보다는 줄었지만 아직 보기에 좋았다.

"예뻐요."

그때 저녁의 산들바람이 불어 꽃잎이 날리기 시작했다. 날아온 꽃잎 몇 개가 내 머리에 내려앉았다.

"잠깐만."

은우 선배가 내 머리에 붙은 꽃잎을 떼어주었다. 꽃잎을 떼어내고 우리는 다시 걷기 시작했다. 나는 자연스럽게 팔짱을 끼고 걸었다. 언제부턴가 은우 선배와 같이 걸을 때면 팔짱을 끼고 걷게 되었다. 은우 선배와 데이트하면서 아기동자와 차사님 때문에 서운했던 감정이 사라졌다. 걷다 보니 멀리서 플루트 소리가 은은히 들려왔다. 금요일 저녁인데도 예은 선배가 연습하는 모양이었다.

"예은 선배는 금요일 저녁인데도 연습하시나 봐요?"

"응. 콩쿨이 얼마 안 남았대. 그래서 요즘은 거의 연습실에서 산대."

"우리 들으러 가요."

"그래."

언제부턴가 둘의 데이트코스에 예은 선배의 플루트 연습 감상이 들어가 있다. 경제적으론 내가 여유가 있지만 괜히 비싼 데 가자고 했다가 은우 선배의 자존심을 건드릴까 봐 조심했다. 은우 선배가 알바하는 것도 알고 있고 여유가 없다는 것도 알고 있다. 그래서 우리의 데이트코스는 학교와 그 주변이 대부분이었다. 덕분에 예은 선배의 플루트 연주 감상은 우리의 데이트코스에서 유일한 럭셔리 코스였다. 유리를 통해 알아보니 예은 선배는 꽤 유명하고 인기가 많은 연주자였다. 그런 선배의 연주를 둘이서만 즐길 수 있으니 종종 애용하는 편이었다.

우리는 소강당으로 들어섰다. 예은 선배는 무대에서 조명을 받으며 연주하고 있었다. 나와 은우 선배가 종종 오는 걸 봐서 들어오는 소리를 들었을 텐데 연주에만 집중하는 모습이었다. 우리는 객석 앞줄 중앙에 자리를 잡았다. 나는 자리에 앉아 은우 선배의 팔을 껴안고 머리를 기댄 채 눈을 감고 플루트 연주를 감상했다. 플루트 소리에 실린 사념이 내 감정을 자극했다. 잔잔한 선율에 감정이 차분하게 가라앉았다. 얼마쯤 지난 후 플루트 소리가 길게 여운을 남긴 채 잦아들었다. 눈을 떠보니 예은 선배가 미소 띤 얼굴로 우리를 바라보고 있다.

"오늘은 연습할 게 많아서 중간에 띄우는 거 없이 계속할 거야. 그러니까 박수는 삼가주세요."

"네, 선배님."

내가 대답하자 예은 선배가 바로 플루트를 고쳐 잡고 연주를 시작했다. 나와 은우 선배는 눈을 감고 예은 선배의 연주에 빠져들었다. 연주에 집중해서인지 평소보다 더 강하게 사념이 몰아치는 걸 느꼈다. 그래서인지 연주에서 느끼는 감정도 평소와 달리 더 강렬하게 몰아쳤다. 따스함이 몸을 감싸는가 싶더니 어느새 차갑게 가라앉고, 다시 심장이 격렬하게 뛰어올랐다. 다시금 예은 선배가 연주하는 선율에 따라 감정이 휘몰아쳤다. 새삼 예은 선배의 연주가 대단하다는 생각이 들었다. 한바탕 격렬하게 몰아친 선율이 무겁게 내려앉기 시작했다. 플루트의 선율에 처음에는 가볍게 내가 앉은 의자로 떠밀리는 느낌이었는데, 선율이 점점 더 무겁게 내려앉으며 갑갑하게 느껴질 정도로 무엇인가에 강하게 밀리는 느낌을 받았다. 뭔가 이상한 것을 느낀 나는 흠칫 눈을 뜨고 말았다. 그 순간 소강당을 가득 메운 채 나를 향해 밀려드는 혼령들을 보고 깜짝 놀랐다. 놀라서 일어나려고 했지만 은우 선배와 팔짱을 낀 팔이 풀리지 않아 일어서지 못했다. 은우 선배를 보자 정신을 잃은 채 고개를 떨구고 있다. 나는 밀려드는 혼령들을 막으려고 허둥지둥 결계를 쳤다. 결계가 쳐지면서 혼령과 나 사이에 간격이 생겼다. 내가 결계를 치자 예은 선배의 플루트 소리가 더 강렬해졌다. 혼령에 뒤덮여 예은 선배는 보이지 않았다. 하지만 눈앞의 상황으로 보아 예은 선배가 혼령들을 조종하는 것을 알 수 있었다. 플루트 소리에 혼령들이 나를 향해 더 힘껏 밀려들었다. 혼령들의 힘에 결계가 깨져 버렸다. 나는 다급히 결계를 다시 쳤다. 하지만 얼마 못 버티고 결계는 다시 깨지고 말았다. 백에 부적이 있지만 옆 좌석에 놓아둔 터라 손이 닿지 않았다. 계속해서 결계를 쳐보지만, 점점 더 깨지는 속도가 빨라지고 있다. 거기다 나를 향해 달려드는 혼령들의 맨 앞에는 지현이와 장군신장, 그리고 아기동자가 있었다. 그래서 더욱 영기를 이용해 혼령들을 공격할 수도 없는 상황이었다. 정말 난감했다. 다시 또 결계가 깨졌다. 재빨리 다시 쳐보지만, 곧바로 깨져 버렸다. 연속해서 계속 결계를 쳤다. 지금 결계를 치는 것밖에 할 수 있는 것이 없는 상황이었다. 피하려고 해도 은우 선배의 팔이 풀리지 않아 도망치지도 못했다. 전화를 걸 시간도 없었다. 뭔가 해야 하는데 어떻게 해야 할지 아무 생각도 나지 않았다. 그때 눈에 새끼손가락이 들어왔다. 생각할 여유도 없이 바로 새끼손가락을 깨물었다. 차사님이 기억하고 있어야 하는데. 제발. 제발. 어느새 눈이 허옇게 뒤집힌 아기동자와 지현이가 내 코앞까지 다가들고 있었다. 그때 내 등 뒤에서부터 시원한 기운이 퍼져나갔다.

"차사님."

"어떻게 된 거냐?"

반가운 목소리였다. 해수 차사의 목소리에 나도 모르게 눈물이 왈칵 쏟아졌다.

"저도 몰라요. 정신 차려보니 갑자기."

"악령들이 아니라 요 며칠 사이 사라졌던 혼령들인 것 같다. 이래서야 뭘 어떻게 해야 할지."

해수 차사가 빙의되면서 혼령들이 내 몸으로 들어오지는 못했다. 그런데도 어떻게든 비집고 들어오려고 혼령들이 밀려들었다. 악령들이면 지옥불을 일으켜 공격했겠지만, 악령이 아니라서 나와 해수 차사는 방어만 하고 있었다.

"영기는 어떠냐. 이대로 버티기만 해서는 영기가 떨어져 당할 것 같은데."

"오래 못 버틸 거 같아요. 그 전에 어떻게 해야 해요."

"팔이라도 빠지면 어떻게 해볼 거 같은데."

해수 차사가 말했다. 그래서 다시 둘이 힘을 합쳐 결계를 쳐보았다. 둘이 힘을 합쳐서인지 혼령들과 사이에 다소 간격이 생겼다. 그 사이에 재빨리 은우 선배의 팔을 풀어냈다. 그런데 바로 결계가 깨지면서 혼령들이 다시 밀려들었다. 그 밀려드는 힘에 해수 차사의 빙의가 일부 풀려버렸다. 나는 재빨리 팔에 영기를 모아 스며든 혼령을 밀어냈다.

"어떻게 좀 해보세요."

"이렇게 밀려서야. 나도 어떻게."

계속 밀려드는 혼령들에게 눌려 나와 해수 차사는 옴짝달싹을 못 했다. 그때 돌연 객석 뒤편에서 환한 빛이 쏟아져 들어왔다.

"와! 이게 뭐야?"

익숙한 혜원의 목소리였다. 순간 내게로 밀려들던 혼령들이 방향을 바꿔 강당에 들어선 혜원에게로 몰려들기 시작했다.

"지금이다. 혼령을 조종하는 저 피리. 저걸 부숴야 한다."

해수 차사의 말에 내가 있는 힘을 다해 무대를 향해 몸을 날렸다. 갑작스런 혜원의 등장과 혼령들의 움직임에 예은 선배는 당황한 듯했다. 예은 선배가 멈칫하는 사이 내가 지옥불이 일어난 손으로 예은 선배의 플루트를 있는 힘껏 내리쳤다. 그 공격에 플루트가 부러졌다. 플루트 연주가 멈추자, 일순 강당 안에 있던 혼령들이 예은 선배를 향해 달려들었다. 예은 선배는 혼령들이 자신의 몸을 파고들자 비명을 지르며 괴로워했다. 그리곤 자신에게 밀려드는 혼령들을 피하려는 듯 강당 밖으로 뛰쳐나갔다.

"잡아라. 놓치면 안 돼."

해수 차사의 말에 나는 도망치는 예은 선배를 향해 몸을 날렸다. 그 순간 난데없이 펀치가 나를 향해 날아왔다. 재빨리 막았지만 그 충격에 나는 옆으로 날아가 떨어졌다. 고개를 들자 혜원이가 허옇게 뒤집힌 눈과 산발을 한 채 나를 향해 달려들었다.

"혜원아!"

혜원은 내가 자신을 소리쳐 부르는데도 나를 향해 연신 주먹을 날렸다. 팔을 올려 막아냈지만, 뒤로 밀리고 있었다. 펀치는 혜원이 같지 않게 묵직했다. 혜원의 손과 발이 영기를 머금은 듯 희미한 빛을 내고 있다.

"빙의된 영들에게 정신을 뺏긴 것 같다."

"어떡하죠?"

연이어 날아드는 혜원의 공격을 막아내며 소리쳤다. 반격을 할 수 있지만 혜원이나 영들이 다칠까 봐 섣불리 공격할 수가 없었다. 그때 혜원과 떨어져 안절부절못하는 노기한이 보였다.

"아저씨. 기한 아저씨."

"나?"

내 목소리에 노기한이 돌아보았다.

"빨리 원영이랑 나코 불러와요. 빨리."

나의 갑작스런 말에 노기한이 의아한 표정을 지었다. 하지만 이내 그 말을 이해한 듯 바로 강당 밖으로 쏜살같이 날아갔다.

"좋은 생각이다. 애들이 올 때까지 조금만 더 버티자."

혼자서는 혜원이가 다치지 않게 제압할 수가 없었다. 하지만 원영과 나코가 합세하면 가능했다. 몇 분이 지나자 강당 문이 부서지며 원영과 나코가 등장했다. 오면서 노기한에게 얘기를 들은 듯 즉시 혜원을 잡아 제압했다.

"언니 괜찮아요?"

"어, 난 괜찮아. 와줘서 고마워."

원영과 나코가 혜원을 제압한 덕에 겨우 숨을 돌릴 수 있었다. 해수 차사가 빙의를 풀고 빠져나갔다.

"예. 팀장님. 원인을 찾은 것 같습니다. 여기로 오시면 됩니다."

해수 차사는 누군가와 통화를 했다. 그리곤 통화를 마친 후 다가왔다.

"수고했다. 요 며칠 혼령들이 사라져 저승에서 심각하게 생각하고 있었는데 네 덕분에 해결한 것 같다."

"아뇨. 저도 갑자기 그렇게 돼서."

해수 차사의 시선을 피하려 고개를 돌려보니 은우 선배는 아직 정신을 잃고 앉아 있었다. 그때 서늘한 기운이 손을 스치고 지나갔다.

"손가락은 괜찮니? 아플 거 같은데."

손을 들어보니 너무 세게 물었는지 새끼손가락에서 피가 나고 있다.

"괜찮아요. 이 정도는 밴드만 붙이면."

백을 가지러 가는데 어느새 원영이 다가와 내 손가락에 흐르는 피를 핥았다.

"언니, 뱀파이어 앞에서 피 냄새 풍기면 안 돼요. 내가 아니라 다른 뱀파이어였으면 어떡하려고 그래요?"

원영은 손가락에 밴드를 붙이면서 붉은 입술을 핥으며 장난스럽게 말했다. 왠지 평소보다 창백한 얼굴에 송곳니가 더 날카로워 보였다. 맞아. 얘는 뱀파이어였어. 하지만 원영이 기분 나빠할까 봐 티를 안 내고 웃어 보였다.

"그래. 고마워."

해수 차사의 연락을 받고 왔는지 저승사자들이 속속 모습을 드러냈다. 혜원이는 원영과 나코가 어떻게 했는지 정신을 잃고 쓰러져 있다. 차사님은 저승사자들과 얘기를 나누는 중이었다. 피곤했다. 객석 의자에 털썩 주저앉았다. 도대체 어떻게 된 일인지 정신이 하나도 없었다. 손을 들어 밴드를 붙인 새끼손가락을 보았다. 손가락 너머로 해수 차사의 뒷모습이 어른거렸다.

해수

"최무영, 최무영, 최무영."

조사팀이 가져온 명단의 이름을 읽자, 혜원에게서 혼령 하나가 빠져나와 여자아이에게로 왔다. 대기하고 있던 조사 팀원이 얼른 혼령에게 다가가 설명했다.

"일단 이것으로 근래에 놓쳤던 혼령은 다 한 것 같군."

내 앞에 떠 있는 명단의 이름들은 모두 호명했다. 5~6명 빼고는 다 회수되었다는 표시로 체크가 되어 있었다. 70여 명의 혼령 중 60명 이상의 혼령을 다시 찾아서 다행이었다. 혼령들이 빠져나오면서 혜원이라는 아이의 정신도 정상으로 돌아왔다. 정신을 차린 혜원에게 상황을 설명하고 혼령들을 호명해서 꺼내는 중이었다. 혜원의 정신이 돌아오자 물리적으로 힘을 쓸 필요가 없어져 원영과 나코는 귀가했다. 동호회방은 빠져나온 혼령들과 저승사자들로 북적였다. 동호회방은 결계와 부적으로 막아놔서 혼령들이 빠져나갈 수 없고 또한 여자아이와 빙의가 되어 혼령들을 빼내야 해서 사람들의 눈에 띄지 않는 이곳이 적합했다. 빠져나온 혼령은 조사 팀원이 상황을 설명해 준 다음 방 한쪽에 있는 혼령들에게로 인도했다.

"일차 명단은 다 했으니 잠깐 쉬게."

동방 팀장의 말에 나와 여자아이는 빙의를 풀었다. 오랜 시간 빙의를 유지해서 나도 피곤했다. 여자아이는 예전에는 빙의했다 풀리면 힘들어했는데 영기 수련을 해서인지 생생했다.

"아직 더 해야 해?"

혜원이라는 아이가 따분한 표정으로 여자아이에게 물었다.

"너 혼령 빠져나가는 거 아까워서 그렇지?"

"칫. 눈치는 빨라가지고."

여자아이는 혜원이라는 아이의 속셈이 보이는지 정곡을 찔렀다. 혜원이라는 아이는 정신을 차리자, 혼령들과 저승사자들이 북적대는 모습을 보고 눈에 생기가 돌았다. 게다가 제정신이 돌아온 뒤로는 혼령을 호명해서 빼낼 때마다 아쉬운 표정을 지었다.

"꼭 빼내야 해요?"

"혼령들이 원해서 네 안에 있는 것이 아니니 원래 가야 할 곳으로 보내는 것이 맞지 않겠니?"

"그건 그렇지만."

혜원은 동방 팀장의 말에 아쉬워하며 동의했다. 보통 혼령이 들어 있다면 기겁하며 빨리 꺼내달라고 난리를 치는 것이 정상이었다. 하지만 혜원이라는 아이는 혼령들이 들어 있다니 오히려 좋아했다. 그동안 봐왔지만, 혜원이라는 아이는 특이했다. 어디선가 달콤한 향기가 나더니 동아리방으로 화정 차사가 들어왔다. 화사한 웃음을 띤 얼굴이었다. 화정 차사의 뒤로 10명의 혼령이 따라 들어오고 있다. 화정 차사는 주변에 헤매는 영들을 회수하러 다녀오는 길이었다.

"저 왔어요."

"왔나. 많이 찾았구만."

추격 팀장이 많은 혼령을 데려온 화정 차사를 반갑게 맞아주었다. 추격 팀원이 크게 숨을 들이쉬고는 화정 차사에게 다가갔다. 그리곤 화정 차사가 인도해 온 혼령들을 명단과 비교 확인했다. 내가 그런 화정 차사를 보며 칭찬했다.

"짧은 시간 동안 많이 찾아왔네."

"그럼 화정이잖아."

어느새 문규가 옆으로 다가와 있다. 입을 헤, 하고 벌리고 화정 차사를 쳐다보았다.

"그러게. 그 사이 10명 넘게 찾아오다니."

"그것만이 아냐. 혼령 실종 사건이 벌어지는 동안에도 화정이는 혼령을 놓친 게 하나도 없대. 다른 차사들이 혼령을 놓친 시간에도 화정이는 괜찮았대. 그래서 남들 3~4명이 조로 움직일 때도 화정이는 혼자서 2배를 뛰었다니까. 이번 기회에 화정이를 팀장으로 진급시키자는 의견이 분분했는데, 현장이 좋다고 사양했대. 우리 화정이 멋있지 않아?"

"멋은 모르겠고 서큐버스라서 그런지 이럴 때는 믿음직하네."

혼령을 확인하면서 내 앞에 있던 명단에 전부 체크 표시가 되었다. 화정 차사가 데려온 혼령들을 확인하니 실종되었던 혼령들이 모두 맞았다. 화정 차사가 데려온 혼령 중에는 부유령과 지박령들도 있었다. 아기동자와 장군 신장도 어떻게 끌려갔는지 전혀 기억하지 못했다. 그건 지박령이었던 지현이라는 혼령도 마찬가지였다. 평범한 혼령들은 물론 신장들까지 끌고 갈 정도로 이번에 마주친 네크로맨서는 강한 자였다.

"명단 모두 확인했습니다. 실종 혼령들은 모두 회수를 완료했습니다."

"수고했네. 다행이군. 1팀은 일단 혼령들을 저승으로 인도하고, 2팀은 부유령과 지박령들은 어떡할지 의사를 물어보고 원하는 대로 하도록 조치해 주게."

"네. 알겠습니다."

추격 팀장의 지시에 팀원들이 혼령들을 동호회방 밖으로

인도했다. 그러자 추격 팀장이 나를 돌아보았다.

"여기서 볼일은 끝난 것 같으니 그만 가보겠네. 올라가서 할 일들이 있어서."

추격 팀장은 나와 동방 팀장에게 인사를 했다. 팀원과 혼령들을 따라 같이 가려는 모양이었다.

"저쪽 팀은 언제 오는지 연락 없었나?"

"다 와 갈 거야. 아, 저기 오는군."

그때 혼령들이 나가는 문으로 차사들이 들어왔다. 얼핏 보면 차사들과 비슷해 보이지만 분위기가 달랐다. 다들 키가 훤칠했고 흰색 피부에 푸른 눈을 가지고 있다. 검은색 정장 차림의 남자들이 다가와 인사했다.

"안녕하십니까. 유럽본부 조사팀 소속 사신 에밀 슐츠입니다."

"반갑습니다. 아시아본부 조사 팀장 동방삭입니다."

"이분들이."

내가 옆으로 다가가며 물었다.

"인사하게, 여기는 강혜수 양과 정해수 차사."

동방 팀장이 에밀에게 나와 여자아이를 소개했다. 동방 팀장의 소개에 우리가 인사를 했다.

"안녕하세요."

"안녕하십니까."

"안녕하세요. 유럽본부의 에밀 슐츠입니다."

남자가 나와 여자아이를 향해 가볍게 목례했다.

"그런데 유럽에서 무슨 일로?"

내 물음에 에밀이 허공에 명단을 띄웠다. 그러자 독일어로
된 이름들이 표시되었다.

"혼령을 조종하는 플루트가 있다는 소식에 하멜른의 피리
가 아닌가 해서 왔습니다. 소리로 혼령을 조종하는 것이 하
멜른의 피리와 비슷해서요. 하멜른의 피리를 따라 나간 아이
들이 실종되었었는데, 당시 아이들의 혼령까지 실종되었습
니다. 만일 그 플루트가 하멜른의 피리라면 당시 실종된 혼
령들을 찾을 수 있을 것 같아서요."

에밀이라는 사신이 설명했다. 근래에 실종된 혼령은 70명
이었다. 부유령과 지박령을 합쳐도 200 미만이었다. 여자아
이의 말에 의하면 공격한 혼령은 강당을 가득 채웠었다고 했
다. 아마도 강당 크기로 봐선 400은 되었을 것으로 보였다.
저승에서 파악한 숫자보다 훨씬 많은 양이었다.

"한 번 해보죠. 그런데 이 이름을 어떻게 읽나요?"

독일어로 된 명단이라 어떻게 읽는지 나와 여자아이는 알
수가 없었다. 말의 의미는 사념으로 알 수 있지만 혼령들을
빼내기 위해서는 소리를 내어 불러야 하는 상황이라 이름을
정확하게 읽지 못하면 불러낼 수가 없었다.

"첫 번째 이름 줄 울프(Jule Wolf) 맞죠?"

여자아이가 자신 있는 목소리로 물었다.

"아. 이 이름은 율레 볼프입니다. 율레 볼프."

"율레 볼프요? 줄 울프 아니에요?"

"네. 독일어로는 율레 볼프로 발음합니다."

"시작해 보자."

내가 여자아이에게 빙의가 되었다. 혜원이라는 아이에게 다가가 이름을 호명했다.

"율레 볼프."

우리의 호명에 혜원에게서 흐릿한 모습이 떠오르기 시작했다.

"율레 볼프. 율레 볼프."

연이어 호명하자 혼령 하나가 혜원에게서 빠져나와 앞에 섰다. 남자아이의 모습이었다. 그 모습을 지켜보던 에밀이 옆의 사신에게 손짓했다. 사신이 다가가 남자아이에게 상황을 설명했다. 에밀이 그 모습을 보며 안도의 표정을 지었다.

"하멜른의 피리가 맞네요. 다행입니다. 오랫동안 찾지 못한 혼령들을 찾을 수 있겠습니다. 말로만 들었는데 직접 보니 놀랍네요. 빙의된 혼령들을 강제로 불러내다니. 게다가 사신이 빙의된 상태에서 두 분의 의식이 그대로 유지되는 것까지. 소문대로군요. 그럼 다른 이름들도 부탁드리겠습니다. 다음은 메르레 마이어입니다. 메르레 마이어."

"메르레 마이어, 메르레 마이어, 메르레 마이어."

이름을 호명하자 여자아이의 혼령이 빠져나왔다. 기다리고 있던 사신이 여자아이에게 재빨리 다가갔다. 이후 명단의 이름을 차례로 호명했다. 이름 중 삼분의 일 정도는 없었다. 아마도 강당 밖으로 도망친 네크로맨서에게 들어간 혼령들인 듯싶었다. 추격팀이 주변을 수색했지만 네크로맨서를 찾지 못했다. 많은 혼령이 들어 있고 사람이라 그리 멀리 가지는 못했을 것 같은데 찾을 수 없다고 했다. 유럽 혼령들을 다 호명하고 나자, 날이 밝아오려고 했다. 어려운 발음들이 있어 생각보다 시간이 오래 걸렸다.

"수고하셨습니다."

"끝인가요?"

"네. 찾지 못한 혼령들이 아쉽기는 하지만 어쩔 수 없죠."

에밀의 말에 나는 여자아이와의 빙의를 풀었다. 두 번 연속 장시간 빙의를 했던 탓에 기운이 많이 소진되었다. 여자아이도 힘든지 빙의를 풀자 비틀하면서 의자에 앉았다. 혜원이라는 아이는 한쪽에 모여있는 혼령들을 아쉬운 표정으로 보고 있다. 에밀의 명단으로 빠져나온 혼령들이 100명 남짓이었다. 이렇게 많은 혼령이 들어 있었는데도 저 아이가 정신을 차린 것이 대단했다.

"두 분 괜찮으시면 같이 사진 한 장 찍어도 될까요?"

에밀이 휴대폰을 들어 보이며 말했다. 여자아이를 보자 고개를 끄덕였다.

"네. 그러죠."

"한스, 여기 잠깐만."

에밀은 같이 온 사신을 불러 휴대폰을 넘겨주었다.

"유럽에서도 두 분 유명하거든요. 특히 저희는 사신이라 인간과 커플이 되는 경우가 없어서 더 관심이 많습니다."

"제 폰이 나을 거예요. 제가 찍어드릴게요."

말소리에 고개를 돌려보자 어느새 왔는지 민정 차사였다. 나를 보자 생긋 웃으며 제 휴대폰을 들어 보였다. 그 뒤에 아기동자와 지현도 있었다. 아기동자는 지현과 얘기를 하다가 내가 돌아보자 깍듯이 인사를 했다.

"선배님 SNS 관리자가 이런 소식 놓치면 안 되죠. 에밀님 가서 서세요. 제 폰으로 찍어서 공유해 드릴게요. 혜수 괜찮아? 피곤해 보이는데?"

"괜찮아요."

여자아이는 그사이 기운을 차렸는지 웃었다. 나도 잠시 쉬었더니 좀 전보다는 기운이 났다.

"이거 찍고 나서 다른 분들도 같이 찍어도 될까?"

민정 차사의 말에 돌아보니 유럽 사신들이 나와 여자아이를 힐끗거리고 있다. 아마도 SNS 때문에 다들 우리를 아는 듯했다.

"멀리서 오셨잖아요. 저는 괜찮은데 차사님은 어떠세요?"

"나도 뭐 괜찮아."

고개를 끄덕였다. 사람 기준으로는 멀겠지만 차사나 사신들에게 물리적인 거리는 크게 문제가 안 되었다. 그렇다고 같이 사진 몇 장을 못 찍을 것도 없었다.

"에밀님 찍고 나서 다른 분들은 같이 단체로 찍으실게요. DS님 정리 부탁해요."

"네. 민정 차사님. 유럽에서 오신 사신 분 중에서 해수 차사님 커플과 같이 사진 찍으실 분들은 이쪽으로 오실게요."

아기동자는 방 한쪽에서 여자 혼령과 꽁냥거리다가 민정 차사의 말에 재빨리 날아와 정리를 시작했다. 유럽 사신들은 에밀과 사진을 찍으려는 나와 여자아이를 힐끔거리다, 민정 차사의 말에 반색하며 모여들기 시작했다. 언제는 경쟁 관계라고 투덜거리더니 어느새 민정 차사와 아기동자는 한편이되어 있었다. 아기동자는 커다란 모니터에 사진을 띄우고 사신들에게 공유 작업을 했다. 이어 민정 차사와 사진을 선정해서 SNS에 올리고 있다. 어느새 그 사이에 끼어 문규도 같이 사진을 고르고 있었다.

"고생 많았다."

"아뇨. 차사님이 고생 많으셨어요. 어떻게 신호를 아셨네요. 혹 모르시면 어떡하나 했었는데…."

여자아이 옆의 의자에 앉았다. 여자아이는 밤을 새워서 다소 피곤한 모습이었다. 그런데도 내 말에 생긋 웃어 보였다.

"너하고 처음 정한 신호잖아."

혼령들을 찾아 돌아다니는데 새끼손가락이 갑자기 욱신거렸다. 그리고 여자아이와 정한 새끼손가락 신호가 기억났다. 안 그래도 싱숭생숭한 분위기인데 아기동자나 기한을 통하지 않고 새끼손가락을 무는 것이 뭔가 긴급한 일이 생긴 것 같아 급히 달려왔다. 그리곤 혼령들에게 공격당하는 여자아이를 발견했다. 여자아이가 위험하다는 생각에 앞뒤 가리지 않고 빙의했었다.

"너하고는 달리 연락할 방법이 없으니 당연히 기억하고 있지. 이번에도 그렇지만 앞으로도 새끼손가락을 물면 긴급한 일로 알겠다."

"네. 역시 저 챙겨주는 분은 차사님밖에 없어요."

여자아이가 환하게 피어난 미소를 짓고 눈을 반짝이며 바라보았다. 여자아이의 모습에 나도 모르게 가슴이 후끈해졌다. 멋쩍어 고개를 돌렸다.

"그런데 그 남자아이는?"

"은우 선배요? 갔어요. 아까 원영이랑 나코와 같이."

여자아이가 잠시 숨을 고르더니 말을 이어갔다.

"기억이 없대요. 개강한 것은 기억나는데 그 이후로는 아무 기억이 없대요. 제가 누군지, 저랑 소개팅하고 데이트한 것 전부 기억이 안 난대요. 원영이와 나코도 거짓말이 아닌 거 같다고."

여자아이가 쓸쓸한 표정으로 바닥을 내려다보았다. 고개를 떨군 자세와 축 처진 어깨가 쓸쓸해 보였다. 남자아이가 기억 못 한다는 것에 상처받은 모습이었다. 그 모습이 문득 측은하게 느껴졌다.

"아니 뭐 더 좋은 남자 만나면 되지. 나는 처음부터 남자가 곱상하기만 해서 별로더라. 남자는 남자다워야지."

"차사님, 저 위로해 주시는 거예요?"

"아니, 뭐 그렇다기보다는."

"위로 고마워요. 차사님 좋은 사람."

여자아이가 나를 향해 엄지손가락을 들어 보였다. 환한 미소가 빛이 났다. 여자아이의 모습에 다시 가슴이 후끈하게 달아올랐다. 그때 폰의 알람이 울렸다. 민정 차사가 방금 찍은 사진을 공유해 주었다. 나는 여자아이의 미소를 보지 않으려고 사진을 보는 체했다. 하지만 여전히 여자아이의 눈길이 나를 쳐다보고 있는 걸 느끼고 있다.

에필로그

소강당 지하로 향하는 철문 앞에 남자의 모습이 나타났다. 긴 코트를 입은 남자가 〈관계자외 출입금지〉 표시가 된 문을 열고 들어섰다. 남자는 커다란 장비들을 지나쳐 벽 앞에 멈춰 섰다. 벽을 통과해 들어가자 캄캄한 방이 나왔다. 어둠 속에서 희미하게 반짝이는 물체가 보였다. 부러진 플루트였다. 남자는 허리를 굽혀 바닥에 떨어진 플루트를 집어 올렸다. 남자의 손에서 검은 불길이 일어났다. 검은 불길에 플루트가 녹아내리고 알 수 없는 문자가 새겨진 반지 하나가 남았다.

"다크 소울의 링. 은으로 뒤덮고 봉인까지 새겨서 손을 댈 수 없었는데, 이제야 손에 넣을 수 있게 되었군. 이것으로 루시퍼님 강림을 위한 두 번째 도구가 준비되었군. 크크크크."

남자의 나지막한 목소리가 캄캄한 방안을 울렸다. 남자의 목소리에 구석에서 뭔가가 꿈틀거렸다. 남자의 시선이 꿈틀거리는 물체로 향했다.

"살, 살… 려… 주세요. 말씀… 하신 대로 했잖… 아요."

목소리가 가늘게 흘러나왔다. 꿈틀거리는 물체에서 팔이 하나 뻗어 나왔다. 남자에게 기어 오려는 듯 손이 바닥을 긁었다. 그런데 기운이 없는지 움직이지 못하고 있다.

"살아 있었나? 아직 역할이 끝나지 않았나? 재미있군."

남자가 나지막한 목소리를 울리며 구석에 있는 물체에 다가갔다. 그리곤 물체에서 뭔가를 집어 올렸다. 남자의 손에 들어 올려진 것은 긴 금발을 늘어뜨리고 있는 여자의 얼굴이었다. 남자가 숨을 내쉬자, 입에서 검은 기운이 흘러나와 여자의 입술 사이로 빨려 들어갔다. 검은 기운이 빨려 들어가며 여자의 눈 흰자위가 검게 변했다. 동시에 손가락 끝에서 검고 긴 손톱이 뻗어져 나왔다. 잠시 후 여자의 길게 뻗어 나온 손톱이 줄어들어 원래대로 돌아갔다. 여자의 긴 금발이 짧아지며 검은 단발로 바뀌었다. 그리곤 여자의 눈 흰자위가 다시 하얗게 돌아왔다. 정신을 차린 여자가 남자의 앞에 한쪽 무릎을 꿇고 고개를 숙였다.

"아직 너의 일이 끝나지 않은 모양이다. 따라오너라."

"네. 아스타로트님."

"모든 것은 루시퍼님의 강림을 위해서."

"모든 것은 루시퍼님의 강림을 위해서."

남자의 말을 여자가 복창했다. 남자의 주위로 스멀스멀 검은 연기가 피어오르며 둘의 모습을 감싸기 시작했다. 잠시 뒤 연기가 흩어지자 두 사람의 모습은 사라지고 없었다.